JERRY SPINELLI
KRAKSA

przełożyła
Jolanta Kubiak

Media Rodzina

Tytuł oryginału
CRASH

Projekt okładki
Przemysław Dębowski

ISBN 83-7278-129-X

Harbor Point Sp. z o.o.
Media Rodzina
ul. Pasieka 24, 61-657 Poznań
tel. (061) 827-08-50, faks 820-34-11
e-mail: mediarodzina@mediarodzina.com.pl
www.mediarodzina.com.pl

Łamanie i diapozytywy
perfekt, ul. Grodziska 11, 63-363 Poznań

Druk i oprawa: OPOLgraf SA
www.opolgraf.com.pl

Carl Francis,
która tańczyła
na tablicy wyników

1
IMIĘ

Naprawdę nazywam się John, John Coogan. Ale wszyscy mówią na mnie Kraksa. Nawet moi rodzice.

Zaczęli mnie tak nazywać dawno temu, kiedy dostałem pod choinkę swój pierwszy kask do futbolu. Tak naprawdę nie pamiętam, co się wtedy zdarzyło, ale z rodzinnych opowieści wynika, że rodzina wujka Herma przyszła obejrzeć nasze prezenty i kiedy wchodzili do środka, ja, w nowym kasku na głowie, pochyliłem się do czteropunktowej pozycji, wydałem groźny pomruk, a potem z okrzykiem „Ha, ha, ha!" popędziłem przed siebie. Podobno torując drogę przez korytarz, wykluczyłem z gry kuzynkę Bridget, wypychając ją na dwór przez drzwi wejściowe, aż upadła na tyłek w śnieżną zaspę. Kuzynka wrzasnęła na całe gardło, że chcę ją zamordować, i odmówiła wejścia do domu, więc wujek Herm musiał w końcu zabrać całą rodzinę z powrotem, zanim w ogóle zdążyli zdjąć płaszcze.

Jak już mówiłem, osobiście nie pamiętam tego wydarzenia, ale patrząc wstecz na to wszystko, co na swój temat pamiętam naprawdę, muszę przyznać, że ta opowieść może być prawdziwa. O ile wiem, zawsze się z czymś zderzałem, z ludźmi albo z przedmiotami — ze wszystkim, co wam tylko przyjdzie do głowy — z kaskiem na głowie albo bez.

Właściwie to przed chwilą skłamałem. Nie wszyscy mówią na mnie Kraksa. Jest ktoś, kto tak nie mówi. I jest to jedna z rzeczy, które od lat wkurzają mnie w tym chłopaku.

Ciągle pamiętam dzień, kiedy zobaczyłem go po raz pierwszy. Było to latem, przed rozpoczęciem pierwszej klasy, siedem lat temu.

WTEDY

Był słoneczny, letni dzień. Byłem przed domem i kopałem dziurę w ziemi za pomocą mojej małej, czerwonej łopatki. Nagle usłyszałem coś jak gwizdanie, więc podniosłem głowę. To było gwizdanie. Wydobywało się z podejrzanie i głupkowato wyglądającego, niskiego chudzielca, który szedł chodnikiem w moją stronę. Z tym tylko, że nie szedł normalnie. Szedł tak, jakby to miejsce należało do niego, z obiema rękami w kieszeniach, kołysząc się przy każdym kroku. Spaaa-ce-ru-jeeemy. Spacerujemy, gapimy się na domy i pogwizdujemy sobie wesolutką, głupiutką melodyjkę, jak jakiś Sneezy czy Snoozy, czy jak tam ich nazywają.

Poza tym miał przypięty na ubraniu znaczek. Taki duży, że zakrywał mu połowę klatki piersiowej. Co zresztą nie było trudne, ponieważ ta klatka była bardzo mizerna.

No więc tak sobie szedł chodnikiem, spacerując, pogwizdując, rozglądając się, nosząc znaczek i wyglądając na głupka. Szedł m o i m chodnikiem. To była m o j a własność, więc nagle zrozumiałem, co muszę zrobić, zupełnie jakby z nieba spadł nagle wielki plakat z napisem: N i e p o z w ó l m u p r z e j ś ć.

Wyskoczyłem ze swojej dziury i ustawiłem się dokładnie naprzeciwko niego. A co on na to? On mnie obdarzył szerokim uśmiechem i powiedział:

— Dzień dobry. Nazywam się Penn Webb. A jak ty się nazywasz? — I jeszcze wyciągnął rękę na powitanie.

Zignorowałem to pytanie i tę rękę.

— Penn? — zapytałem. — A co to za imię?

— Nadano mi je na cześć Penn Relays — wyjaśnił.

— Że co?

— To sławne zawody lekkoatletyczne. Kiedy się urodziłem, moi rodzice chcieli, żeby wybrał mi imię mój pradziadek. I właśnie to imię wybrał, bo wygrał bieg na Penn Relays w 1919 roku. Wiwatowało na jego cześć trzydzieści tysięcy ludzi. Mój pradziadek mieszka w Dakocie Północnej. Ja też do wczoraj mieszkałem w Dakocie Północnej. Ale wczoraj przeprowadziłem się tutaj, do Pensylwanii, z mamą i z tatą. Moja mama urodziła mnie, kiedy miała czterdzieści lat. Jestem późnym dzieckiem.

Będziesz płaskonosym dzieckiem, jeżeli natychmiast się nie zamkniesz, pomyślałem.

— Co jest napisane na twoim znaczku? — spytałem go.

Wypiął swoją mizerną klatkę.

— Tam jest napisane: „Cześć, jestem rudzielcem".

— Czemu rudzielcem?

— Rudzielec to inaczej suseł Richardsona. Jest ich mnóstwo w Dakocie Północnej. Dlatego nazywa się ją Stanem Rudzielców. A jak się nazywa Pensylwanię?

— Stanem psiej kupy.

Nawet nie spróbował się uśmiechnąć. Nawet nie wiedział, że to był wygłup. Cały się zmarszczył na twarzy, pomyślał, pokiwał głową i powiedział „Aha". A potem znowu zaczął gadać jak nakręcony.

— W Dakocie Północnej jest zupełnie płasko. Przynajmniej tam, gdzie mieszkaliśmy. I są tam prerie. Mój tata mówi, że jak nad prerią wieje wiatr, to widać na niej fale, jak na oceanie. Ja jeszcze nigdy nie widziałem prawdziwego oceanu, ale mój tata mówi, że niedługo pojedziemy zobaczyć Ocean Atlantycki. Mój tata jest artystą. Robi ptaki ze szkła i z ceramiki, i z drewna, i z metalu. Potrafi zrobić każdego ptaka, jakiego tylko wymienisz, ale najlepiej na świecie robi cietrzewie.

Przerwałem mu:

— Mój tata otwiera nową firmę. Pracuje siedemdziesiąt godzin w tygodniu. A czasem więcej.

— Moja mama pracuje w domu, tak samo jak mój tata. Robi pocztówki i znaczki, takie jak ten.

— A moja mama pracuje i chodzi do szkoły. Naraz.

— Ja lubię psy, ale k o c h a m żółwie. Chcesz zobaczyć mojego żółwia?

— Nie chcę. Mam dziadka, który ma na imię Skuter. Był kucharzem w marynarce wojennej.

— Ja jestem jedynakiem.

— A ja idę w tym roku do pierwszej klasy.

— Ja też — powiedział i drugi raz zapytał, jak mam na imię.

— Mergatroid — odpowiedziałem.

Nawet nie mrugnął. Tylko wyciągnął rękę i powiedział:

— Miło mi cię poznać, Mergatroid.

Zamiast ręki wystawiłem łopatkę, a on ją uścisnął. Śmiał się. Uznał to za najlepszy żart od czasu królika Bugsa.

Z jakiegoś powodu ten śmiech to było dla mnie już za wiele. Zerwałem ten głupi znaczek z jego koszulki, wrzuciłem do wykopanej dziury i przysypałem piaskiem. A potem mocno udeptałem.

Dzieciak już się nie śmiał. Najpierw oczy zrobiły mu się większe od twarzy, a potem odwrócił się i odszedł. Teraz już nie pogwizdywał.

Pomyślałem sobie, że pewnie ostatni raz widzę tego debila.

2

Następnego dnia znowu byłem przed domem i bawiłem się w piasku. Tym razem zabrałem ze sobą wywrotkę. Najpierw ładowałem łopatką piach do wywrotki, potem przewoziłem go wywrotką na grządkę z kwiatami, a potem zrzucałem na krzaczek fioletowych bratków, dopóki go całkiem nie zasypałem.

W tym czasie moja młodsza siostra Abby wybierała z wykopanego przeze mnie piachu dżdżownice i urządzała im wyścigi. Dziwiło mnie, że nie boi się brać robaków do ręki, ale ona miała wtedy tylko cztery lata, więc uznałem, że jest za mała, żeby się zachowywać jak dziewczyna. Doszedłem do wniosku, że dopiero za jakiś czas stanie się normalną dziewczyną i będzie krzyczeć, kiedy tylko dotknie czegoś oślizgłego albo pełzającego.

Tak czy inaczej, chociaż byłem zajęty zakopywaniem bratków, nie przestawałem patrzeć w dół ulicy. Miałem chyba nadzieję, że zobaczę tam tego nowego dzieciaka, Penna Webba, i będę mógł mu zrobić coś jeszcze. Ale go nie widziałem, więc po zasypaniu ostatniego bratka wskoczyłem na rower i pojechałem chodnikiem. Nie miałem pojęcia, gdzie on mieszka. Byłem w wieku, kiedy nie wolno samemu przechodzić przez jezdnię, ale zrobiłem to. Wkrótce domy i podwórka zrobiły się mniejsze. Postanowiłem zawrócić. Jechałem już z powrotem, gdy usłyszałem jego głos:

— Mergatroid!

Biegł w moją stronę. Miał nowy znaczek. Wydawał się bardzo ucieszony moim widokiem, chociaż to nie miało żadnego sensu.

— Nie nazywam się Mergatroid — powiedziałem.

Otworzył szeroko oczy:

— Nie?

— Nie. Mam na imię Humphrey.

Uśmiechnął się szeroko.

— Aha, nabierałeś mnie, tak?

— No tak — powiedziałem. — Jestem niezłym nabieraczem. Ale teraz cię nie nabieram. Naprawdę mam na imię Humphrey.

Pokiwał głową i machnął ręką.

— W porządku. Miło mi cię poznać, Humphrey. Ja ciągle jestem Penn Webb.

Wyciągnąłem do niego rękę, ale kiedy chciał ją uścisnąć, zrobiłem unik. A potem postukałem go palcem w czoło.

— Cha, cha, cha! Znowu dałeś się nabrać.

Roześmiał się.

— Chcesz zobaczyć mojego żółwia?

— Nie — powiedziałem i pokazałem palcem jego nowy znaczek. — Co tam jest napisane?

— Pokój — odpowiedział.

— Pokój? — roześmiałem się szyderczo. — Kto wypisuje takie bzdury na znaczku?

Udałem, że sięgam po znaczek. Szybko podniósł rękę, żeby go zakryć.

— Cha! — zaśmiałem się. — Nabrałem cię.

Opuścił rękę. Podszedł bliżej. Może to głupie, ale miałem uczucie, że sam się prosi, żebym mu zerwał drugi znaczek, jeżeli tylko mi się zachce.

Więc tak zrobiłem. Zerwałem mu go z koszulki. Ale tym razem nie było dziury, w której mógłbym go zakopać.

Pomyślałem, że przypnę go sobie, ale do czego mógł mi się przydać znaczek z napisem „Pokój"? Więc mu go oddałem.

— Gdzie jest twój dom? — zapytałem.

Pokazał palcem za siebie:

— Tam.

Nie mogłem uwierzyć.

— Kogo chcesz nabrać? — zapytałem. — To nie jest dom, to garaż.

Popatrzył na miejsce, które mi pokazał, a potem na mnie.

— Wcale cię nie nabieram. Tam mieszkamy. Wprowadziliśmy się dwa dni temu. Słowo.

Ciągle nie mogłem uwierzyć. To nie było większe od garażu. Później dowiedziałem się, że kiedyś faktycznie był to garaż — dopóki ktoś nie przerobił go na najbardziej tandetny dom świata. Ze środka wyszedł stary człowiek. Pomachał nam, zawołał „Cześć, chłopcy" i zniknął z tyłu.

— Wasz dziadek mieszka z wami? — zapytałem.

Dzieciak zachichotał.

— To jest mój tata.

— Twój tata? Przecież ten facet ma siwe włosy.

— No pewnie. On ma pięćdziesiąt jeden lat. O pięć lat więcej niż moja mama. Byłem późnym dzieckiem.

— Wiem, wiem.

— Byłem także małą, radosną niespodzianką.

— Co?

— No tak. Moja mama i tata myśleli, że nigdy nie będą mieć dzieci. I nagle, ni stąd, ni zowąd, bum! — podniósł ręce w górę — zjawiłem się ja. Nazwali mnie swoją małą, radosną niespodzianką.

Byłem gotowy dać mu dwupalcową niespodziankę w nos, jeżeli natychmiast nie skończy z tym niemowlęcym gaworzeniem.

Na widok tamtego starszego faceta z siwymi włosami, ojca czy nie ojca, przypomniałem sobie coś, co usłyszałem poprzedniego dnia:

— Co ty mówiłeś o swoim imieniu? Kto ci je wybrał?

— Mój pradziadek. Nadał mi imię na cześć Penn Relays. Nie wszystkie dzieci mają pradziadków. Mój tata mówi, że miałem prawdziwe szczęście. Chcesz teraz zobaczyć mojego żółwia?

— Nie — odpowiedziałem. — Ja też jestem szczęściarzem.

— Naprawdę? Ty też masz pradziadka?

— Nie-e. Ja mam prapradziadka.

Wybałuszył oczy i pokiwał głową.

— O, rany! Ty to jesteś szczęściarzem!

— On ma sto piętnaście lat.

Kiwał głową tak mocno, że prawie by mu odpadła.

— O, ja cię! — Cofał się chwiejnym krokiem przez podwórko przed jego domem, które wielkością przypominało łazienkową matę, aż klapnął na tyłek. — Sto pięt-naś-cie!

Mogłem wmówić temu głupkowi absolutnie wszystko.

— Dobra — powiedziałem — teraz obejrzę żółwia.

Podskoczył na równe nogi i pobiegł do domu. Wrócił z żółwiem o brązowo-żółtej skorupie.

— To żółw pudełkowy — powiedział i odwrócił go na grzbiet. — Zobacz, tu jest jego imię.

Na spodniej części skorupy wydrapane było imię Thomas.

— Chcesz go potrzymać?

Penn podał mi żółwia, a ja wziąłem go do ręki, wsiadłem na rower i odjechałem.

— Hej! — wrzasnął za mną, ale ja pedałowałem wzdłuż chodnika, jakby diabeł we mnie wstąpił. W końcu zatrzymałem się, ostro hamując, położyłem żółwia nogami do góry na środku chodnika i zawołałem:

— Cha, cha! Nabrałem cię!

Potem odjechałem kawałek i zatrzymałem się, kiedy podnosił żółwia.

— I wcale nie mam na imię Humphrey! — krzyknąłem i tym razem odjechałem naprawdę.

Przez całą drogę do domu nie dawało mi spokoju jedno pytanie. Czułem się głupio, zadając je mojej młodszej siostrze, ale w pobliżu nie było nikogo innego.

Siostra była zajęta zbieraniem robaków, które zwijały się w małe, szare kulki, i układaniem ich w jednym rzędzie. Zachowywała się bardzo cicho, żeby robaki myślały, że spokojnie mogą się rozwinąć. Ale kiedy tylko któryś z nich to zrobił, dotykała go koniuszkiem palca i robak natychmiast zwijał się znowu, a ona chichotała z radości.

— Czy my mamy pradziadka? — zapytałem.

Syknęła „ciii...", posłała mi niechętne spojrzenie i wyszeptała:

— Nie wiem. Zapytaj mamę.

Okazało się, że nie mamy pradziadka. Ale nie dowiedziałem się tego od mamy. Przez jakiś czas wolałem nie wchodzić jej w drogę, bo kiedy tamtego dnia wyszła z domu, w całym mieście było słychać, jak krzyczała:

— Gdzie są moje bratki?!!!

3

Kiedy usłyszałem go następnym razem, wołał:

— Hej, John! Hej, John!

Biegł w moją stronę. Byłem zajęty zdrapywaniem kory z drzewa na podwórku. Popatrzyłem na niego groźnie:

— Kto mówi, że mam na imię John?

Podszedł do mnie. Sapał głośno, a znaczek poruszał się tam i z powrotem.

— Twoja siostra. Powiedziała, że twoja ksywka to Kraksa, ale naprawdę nazywasz się John Patrick Coogan.

Nie wiedziałem, czy wściekać się na nią, czy na niego.

— Jak to się stało, że z nią rozmawiałeś?

— Szukałem cię wczoraj i spotkałem ją tu, przed domem. Nie wiedziała, gdzie jesteś.

— Załatwiałem sprawy — powiedziałem.

Głupkowaty, szeroki uśmiech najwyraźniej nigdy nie znikał z jego twarzy. Zaczynało mnie to wkurzać bardziej niż znaczek.

— Jak chcesz poznać moje imię, to zapytaj się mnie — oświadczyłem.

— W porządku — odpowiedział, ciągle szczerząc zęby. — Mogę mówić na ciebie Kraksa?

W każdej innej sytuacji, każdemu innemu człowiekowi powiedziałbym tak. Ale dla niego nawet to wydawało się za dużo, więc powiedziałem nie. Zamrugał oczami:

— Nie?

— Właśnie to powiedziałem.

Wzruszył ramionami.

— To jak mam do ciebie mówić?

— Nazywaj mnie konina.

Nastąpiła kolejna seria mrugań. Zaczynałem się dobrze bawić z tym kolesiem — jakbym był kotem, a on myszą. Próbował otworzyć usta, ale postukałem go palcem w piersi:

— Spróbuj mnie tak nazwać, to obetnę ci włosy.

Trzymałem podniesiony w górę kuchenny nóż, którym oskrobywałem korę z drzewa. Dzieciak był tak zakręcony, że nie wiedział, co się dzieje. A ja prawie się dusiłem, próbując powstrzymać się od śmiechu.

— No więc — powiedziałem — po co mnie szukałeś?

Od razu wrócił mu promienny wyraz twarzy.

— Chciałem cię zapytać, czy nie zechciałbyś przyjść na obiad do mojego domu.

Jedynym słowem, jakie przyszło mi do głowy, było „dlaczego?".

— Ponieważ jesteś moim pierwszym kolegą w Pensylwanii. W Dakocie Północnej ciągle zapraszamy kolegów na obiady. Wy tutaj tak nie robicie?

— Tutaj robimy to, co chcemy — powiedziałem, żeby trochę zyskać na czasie. Ostatnią rzeczą, na którą miałem ochotę, było zjedzenie obiadu z tą rodziną głupków. I nie podobało mi się, że nazywał mnie swoim kolegą. Ale z drugiej strony trochę mnie korciło, żeby przyjrzeć się z bliska tym królom idiotów i garażowi, któremu zdawało się, że jest domem. Więc jeżeli już miałem iść, to on musiał mi za to zapłacić.

— Może przyjdę — powiedziałem — ale tylko pod warunkiem, że będziesz szybszy w pojedynku.

— W pojedynku? — zdziwił się.

— Tak. Na wodne pistolety. Poczekaj tu na mnie.

Pobiegłem do swojego pokoju, wziąłem dwa pistolety

na wodę, naładowałem je przy umywalce i wyniosłem na dwór. Podałem mu jeden.

— Ten jest twój — powiedziałem. — Włóż go do kieszeni, o tak. Stajemy o pięć kroków od siebie. Jak doliczę do trzech, wyciągasz broń i strzelasz. Kapujesz?

Przez dłuższą chwilę nie powiedział ani słowa. Przestał się uśmiechać i tylko wpatrywał się w zielony, plastikowy pistolet w swojej dłoni. Nawet nie umiał go porządnie trzymać. Zagryzł wargi, a w końcu popatrzył na mnie i powiedział:

— Nie mogę.

Spojrzałem na niego szeroko otwartymi oczami:

— Nie możesz?! Dlaczego?

Pokręcił głową i popatrzył mi prosto w oczy:

— Jestem kwakrem.

4

— Kwakrem? — aż jęknąłem ze zdumienia. — A co to jest kwakier? — Do tej pory widywałem to słowo wyłącznie na płatkach śniadaniowych: „Płatki owsiane Kwakier".

— To ktoś, kto nie wierzy w przemoc — odpowiedział.

— A kto mówi, że masz w coś wierzyć? — zapytałem. — Po prostu to robisz i już.

— Ja nie walczę na wojnach.

Zaśmiałem się i pomachałem mu pistoletem przed nosem:

— Ale z ciebie głupek! To nie jest żadna wojna, te pistolety są na wodę.

Wyciągnął rękę z pistoletem w moją stronę:

— Ja się nie bawię pistoletami.

Nie wziąłem od niego pistoletu. Zamiast tego cofnąłem się o krok, wycelowałem, nacisnąłem spust i strzeliłem mu prosto między oczy.

— Strzał w dziesiątkę!

Nie poruszył się. Ręka z pistoletem zwisała bezwładnie. Woda kapała mu po nosie i spływała wokół ust.

— Nie macie w Dakocie Północnej pistoletów wodnych? — zapytałem.

— Niektórzy mają — odpowiedział. — Ja nie.

— Ale teraz, szefie, jesteś w Pensylwanii! — Jeszcze raz wycelowałem i nacisnąłem spust.

Nadal stał bez ruchu. To było nie do wiary. Kto to słyszał, żeby normalny dzieciak nie odpowiadał strzałem na strzał? Ale nagle mnie olśniło:

— Ha! — uśmiechnąłem się szyderczo. — Już wiem, co knujesz. Próbujesz mnie nabrać. — Cofnąłem się o kilka kroków, kucnąłem, podniosłem do góry wyprostowaną rękę z pistoletem, podtrzymując jednocześnie lewą dłonią prawy nadgarstek, dokładnie tak, jak widziałem w telewizji.

— To nic nie da, chłopczyku. *Hasta la vista*, debilu. Bum! Bum! Bum! — Oddałem trzy krótkie strzały. Znowu się nie poruszył, tylko mrugnął, kiedy woda uderzyła go po oczach. Nie mogłem uwierzyć, że ktoś może tak stać, jak oniemiały.

— Bum! Bum! Bum! Bum! Bum! Bum!

Przeszedłem na bok, żeby widzieć znaczek pod lepszym kątem.

— Bum! Bum! Bum! – Strumienie wody uderzały w znaczek jak smugowe pociski, a on stał w miejscu przemoczony, ociekający wodą, z małpim wyrazem twarzy. Bałem się, że brzuch mi pęknie ze śmiechu.

Wycelowałem jeszcze raz.

— Bam!

Mój pistolet zaterkotał: to oznaczało koniec amunicji. Zaśmiałem się jeszcze głośniej. Ze śmiechu ledwie trzymałem się na nogach.

A on wyciągnął rękę z pistoletem — ze swoją naładowaną bronią! — i podał mi go.

Odechciało mi się śmiać. Przez chwilę gapiłem się na niego i na jego pistolet, a potem zabrałem mu go z ręki.

— Tak się w to nie bawi! — krzyknąłem w ociekającą wodą twarz. — Masz się bronić, słyszysz! Musisz strzelać! Musisz! — Skierowałem lufę na siebie i nacisnąłem spust.

— Widzisz? — Wystrzeliłem jeszcze raz. — Co, za trudne dla ciebie? — Byłem taki wściekły, że przerzuciłem jego pistolet ponad dachem, aż do ogrodu za domem.

— Ty jełopie!

Swój pistolet rzuciłem na ziemię. Deptałem po nim raz za razem, aż stał się płaską masą zielonych, plastikowych odłamków. Ze złości pobiegłem do garażu, potem do grządek z kwiatami, potem wybiegłem na chodnik i w końcu wróciłem tam, gdzie stał on.

Wziąłem głęboki oddech. Przysunąłem twarz do jego twarzy i zacząłem się wpatrywać. Wyzywałem go na spojrzenia. Chciałem, żeby mrugnął pierwszy. Chciałem go nienawidzić i chciałem dalej być wściekły, ale nie mogłem.

— Dobra — powiedziałem i odsunąłem się. — Dobra, dam ci jeszcze jedną szansę zaproszenia mnie na obiad. Jeżeli pobijesz mnie w siłowaniu się. Czy kwakrzy mogą się siłować?

Wciągnął powietrze przez nos, oblizał wargi, starł kroplę wody z koniuszka nosa i uśmiechnął się:

— Jasne!

Poszliśmy na trawę i zaczęliśmy się mocować. Położyłem go w dwie sekundy.

— Dobra — powiedziałem znowu. — Jeszcze jedna, ostatnia szansa. Rzucamy w słup telefoniczny. Dziesięć kamieni.

Trafiłem w słup sześć razy. On nie trafił wcale.

Skakaliśmy w dal. Stawaliśmy na głowie. Pluliśmy na odległość.

Ten koleś był beznadziejny.

Pokręciłem głową:

— Czy ty w niczym nie jesteś dobry?

Zastanawiał się tylko przez chwilę:

— Jestem dobrym biegaczem.

Uśmiechnąłem się do siebie.

— Dobra — powiedziałem. — Jedna, naprawdę ostatnia, najostatniejsza szansa. Wyścig.

Pokazałem palcem:

— Do skrzynki na listy i z powrotem do... — przejechałem czubkiem tenisówka po krawężniku podjazdu — dotąd.

Kucnęliśmy z palcami przy szparze chodnika. Zawołałem:

— Do startu! Go-to-wi! Hop!

Miałem sześć lat i jeszcze nigdy w życiu nie przegrałem wyścigu. Właśnie dlatego byłem taki zaskoczony, kiedy wyciągając rękę, żeby odepchnąć się od chłodnej, niebieskiej blachy skrzynki na listy, zobaczyłem tam również jego dłoń. W drodze powrotnej włączyłem dopalanie i przemknąłem jak błyskawica przez linię mety. Tuż za sobą wyraźnie słyszałem jego kroki.

Staliśmy w miejscu schyleni, próbując złapać oddech. Usłyszałem, jak powiedział „kurczę" i tupnął nogą. Pierwszy raz zobaczyłem, jak się wścieka.

— Nie przejmuj się tak — powiedziałem. — Nikt ze mną nie wygrywa.

— Nie o to chodzi — odpowiedział. — Znowu zrobił ponurą, małpią minę.

— No, to o co chodzi?

Westchnął:

— Teraz to już na pewno nie przyjdziesz na obiad. — Odwrócił się i zaczął iść ulicą.

Pozwoliłem mu minąć pięć albo sześć domów, zanim zawołałem:

— Heja, Webb!

Odwrócił się i stanął z opuszczonymi ramionami.

— Rozmyśliłem się, przyjdę.

Potrzeba było minuty, żeby to do niego dotarło. Potem nagle wyskoczył w górę jak pajac z pudełka, wrzasnął „juhu!" i pobiegł do domu.

Tamtego wieczoru, nawet kiedy już zamknąłem oczy, żeby zasnąć, ciągle widziałem, jak nasze dłonie równocześnie uderzają w skrzynkę na listy.

5

Mamie nie spodobało się, że oskrobałem korę z drzewa, dlatego dostałem trzydniowy szlaban. Moja siostra zebrała odłamki kory, wzięła trochę kleju Elmera i przykleiła korę z powrotem do pnia, jak kawałki puzzla.

Kiedy zapukałem do drzwi garażowego domu, usłyszałem go, jak biegnie i wykrzykuje „Przyszedł!". Drzwi otworzyły się szeroko, a on popatrzył na mnie, jakby nie widział mnie od lat.

— Cześć, John! Wchodź do środka.

— Jestem Kraksa — powiedziałem.

Nie odpowiedział, tylko zamknął za mną drzwi. Pojawili się mężczyzna z siwymi włosami i jakaś pani. Dzieciak stanął pomiędzy mną i nimi. Wyprostował się, przybrał ten swój poważny, dorosły wyraz twarzy i powiedział:

— John, poznaj moją mamę i mojego tatę, pana Raymonda A. Webba i panią Glendę W. Webb. Mamo, tato, to jest mój najlepszy kolega, John Patrick Coogan.

Uśmiechnęli się promiennie, wyciągnęli do mnie ręce i powiedzieli, jakby występowali w duecie:

— Miło cię poznać, John.

— Proszę do mnie mówić Kraksa.

Matka tylko się uśmiechała, a ojciec skinął głową i powiedział:

— Oczywiście, Kraksa.

— Zrobiłem kraksę, kiedy dostałem kask do futbolu.

Zderzyłem się z moją kuzynką i wypchnąłem ją przez przedpokój w śnieżną zaspę.

Ojciec jeszcze raz pokiwał głową i gwizdnął.

— Rozumiem.

Teraz odezwała się matka:

— Penn, może zabierzesz Johna... to znaczy Kraksę, na kilka minut do swojego pokoju, zanim obiad będzie gotowy.

We wszystkich domach, jakie dotąd widziałem, do pokoju dziecinnego szło się po schodach. Tutaj wystarczyło przejść kilka kroków od pokoju gościnnego i — bęc! — już było się na miejscu.

— Mieszkałeś kiedyś w piętrowym domu? — zapytałem.

Pomyślał chwilę:

— W Dakocie mieszkaliśmy na pierwszym piętrze, ale na parterze mieszkał ktoś inny.

Pokręciłem głową:

— Bardzo dziwne.

Jego pokój też był dziwaczny.

— Gdzie masz zabawki? — zapytałem.

Zanurkował pod łóżko i coś stamtąd wyciągnął.

— Tutaj!

— Co to jest?

— Wóz osadników. Jest dokładnie taki sam, jak ten, na którym mój pra-pra-pradziadek Webb wyruszył do Dakoty Północnej. Zrobił go dla mnie mój pradziadek. Mój pradziadek mówi, że w Dakocie Północnej jest takie miejsce, w którym ciągle jeszcze widać koleiny wyjeżdżone przez długie kolumny wozów.

Wóz był zrobiony z drewna, nawet nie był pomalowany i wyglądał staro, jakby się nadawał tylko na śmietnik. Webb ciągnął go po podłodze.

— Trzęsie się — powiedziałem.

A Webb tylko szczerzył zęby od ucha do ucha, jakby to coś miało zaraz stanąć na tylnych kołach i zaszczekać.

Przyszło mi do głowy, że niektóre dzieci nazywają swoich dziadków „tata taty".

— No, to jak wy go nazywacie, tego pradziadka? — zapytałem. — Tata taty taty?

Skręcałem się ze śmiechu tak, że nie dosłyszałem jego odpowiedzi. W końcu rozejrzałem się po pokoju:

— No, a reszta?

Wagon jeździł teraz dookoła.

— Reszta czego?

— Reszta zabawek.

Pokazał palcem na wóz:

— To są moje zabawki.

— Ale ja pytam o resztę. — Zajrzałem pod łóżko. Wsadziłem nos do szafy. — Wywrotki. Wozy strażackie. Samochody. Dźwigi. Koparki. Batman. Spiderman. Dinozaury...

— Czekaj! — zawołał. — Podbiegł do biblioteczki wypchanej książkami i wziął do ręki starą puszkę po ciastkach. Potem podważył pokrywkę.

— To chyba nie jest zabawka, ale to jest całkiem fajne.

Spojrzałem:

— Co, piach?

— To wysuszony muł z dna rzeki Missouri. Jest taka stara legenda. Jeżeli wybierzesz trochę mułu z samego dna i poczekasz pięćdziesiąt lat, to on będzie mógł uleczyć każdą chorobę, jaka cię spotka. Trzeba tylko dodać wody, żeby znowu zrobiło się błoto, i przyłożyć tam, gdzie boli. Wtedy ból przejdzie.

Prychnąłem pogardliwie:

— Wierzysz w to?

Wzruszył ramionami.

— Możliwe. Tak czy nie, mój pradziadek wydobył ten muł z dna rzeki sześćdziesiąt cztery lata temu. Oprócz mojego wozu osadników, to jest najlepsza rzecz, jaką mam. — Zamknął puszkę i postawił ją z powrotem na półce.

Muł.

Pokiwałem głową i podszedłem do okna. Czy jest ktoś jeszcze biedniejszy? Ta tępa cielęcina miała tylko jedną własną zabawkę. A co gorsza, dzieciak nawet nie wiedział, jak rozpaczliwa była jego sytuacja.

Przygnębiał mnie ten pokój, więc ucieszyłem się, kiedy jego matka zawołała:

— Chłopcy! Obiad! Chodźcie jeść!

6

Na początku myślałem, że to są hamburgery. Tylko kolor się nie zgadzał. Kotlety rybne? Ugryzłem i to był wielki błąd.

Rodzice patrzyli na mnie. Odezwała się matka:

— Penn, nie powiedziałeś swojemu koledze?

Webb wpatrywał się w matkę. Oczy wychodziły mu z orbit i miał coraz bardziej zmartwioną minę.

— Ojejku... Chyba zapomniałem.

— Zapomniałeś o czym? — zapytałem.

— Chyba nie całkiem zapomniałeś, prawda, synu? — odezwał się ojciec.

Webb wyglądał na zawstydzonego:

— Chyba nie.

A ja chyba zaczynałem być trochę zmęczony tą mową-trawą. Zwróciłem się wprost do Webba:

— O czym ja się powinienem dowiedzieć?

Webb przeniósł wzrok na mnie.

— Miałem ci powiedzieć, że jesteśmy wegetarianami.

Nigdy wcześniej nie słyszałem tego słowa.

— A co to znaczy? — zapytałem. Zaczynałem się zastanawiać, czy ci ludzie nie są przypadkiem zmutowanymi pomidorami ninja albo czymś w tym rodzaju.

— Nie jemy mięsa — powiedział Webb.

— A ty mu o tym nie wspomniałeś — mówił ojciec — bo bałeś się, że jak się dowie, to może nie będzie chciał przyjść na obiad.

Webb pokiwał głową na tak i wsadził nos w talerz. Wciąż nie byłem pewien, czy dobrze go usłyszałem.

— To znaczy, że nie jecie hot dogów?

Wszyscy troje odpowiedzieli:

— Nie jemy.

— Hamburgerów?

— Nie jemy.

— Kurczaków? Indyka? Kotletów?

— Nie jemy.

Ojciec oparł łokcie na stole, złożył dłonie i uśmiechnął się do mnie.

— Kraksa, nam się po prostu zdaje, że zwierzęta są boskimi stworzeniami i my nie powinniśmy... hm... nie powinniśmy ich zjadać.

Ciągle miałem w ustach pierwszy kawałek tego, co było na talerzu. Doszedłem do wniosku, że cokolwiek to było, nie zostało stworzone przez Boga. Pokazałem palcem na talerz.

— Czyli co to jest?

— Kotlet owsiany — zaszczebiotała radośnie matka.

— Patrz — powiedział Webb i polał to syropem do naleśników. — Są pyszne z syropem.

Ojciec starał się powstrzymać od śmiechu.

— Pomogę temu chłopcu wybrnąć z kłopotów. — Wstał od stołu i wrócił za chwilę z koszem na śmieci. — Wrzuć to tutaj, Kraksa.

Pochyliłem się, otworzyłem usta i pozwoliłem pogryzionemu kotletowi owsianemu spaść do kosza. Ojciec wyniósł kosz.

Na moim talerzu pozostały oblane syropem pataty, fasolka szparagowa oraz coś, czego nie rozpoznawałem: małe, brązowe grudki. Pani Webb zauważyła, że im się przyglądam.

— To panierowane grzyby — powiedziała. — Spróbuj.

Spróbowałem jednego. Był pyszny.

— Jak ci smakuje? — zapytała.

Wzruszyłem ramionami:

— Jest w porządku.

Webb zaczął nadawać:

— John ma prapradziadka. On ma sto piętnaście lat!

Wylądowały na mnie spojrzenia czworga dorosłych, rozszerzonych oczu. Musiałem bardzo szybko coś wymyślić.

— I potrafię dawać nura do wody! Chcecie zobaczyć?

Nie czekałem na odpowiedź. Szybko zeskoczyłem z krzesła i pobiegłem za sofę. Dałem nurka przez oparcie, lądując głową i rękami na poduszkach. Odepchnąłem się, przerzuciłem stopy i wylądowałem na podłodze, wyrzucając ramiona w górę.

— A nie mówiłem!

Zaczęli klaskać.

Znowu zajęliśmy się jedzeniem. Napychałem się patatami i grzybami. Webb bez przerwy podsuwał mi syrop i opowiadał, ile tracę, nie jedząc kotletów owsianych. Żeby się zamknął, powiedziałem:

— Czy wiecie państwo, że wasz syn jest kwakrem?

Rodzice popatrzyli na siebie, potem na dzieciaka, potem znowu na mnie, a potem wybuchnęli śmiechem.

— Tak — powiedział ojciec. — Wiedzieliśmy o tym. W zasadzie pani Webb i ja także jesteśmy kwakrami.

— Aha — powiedziałem. — Czy to znaczy, że wy też nie wierzycie w wojnę?

— Obawiam się, że tak — odpowiedział.

— To bardzo źle — zacząłem im tłumaczyć. — Waszego syna omija mnóstwo fantastycznych rzeczy. Przede wszystkim na Gwiazdkę. Mniej więcej połowa moich prezentów to są zawsze zabawki wojenne. W zeszłym roku dostałem G.I. Joe. Ale była zabawa! — Zaczynało mnie wciągać to opowiadanie. — Albo moja mazooka! To połączenie bazooki i karabinu maszynowego. Najpierw likwiduje się całą piechotę za pomocą karabinu maszynowego, a potem można ruszyć w pościg za czołgami. Taki pocisk przebija pancerz i podpala czołg. A czołgiści w środku smażą się jak karmelki.

Oparłem się wygodnie i czekałem, aż to wszystko do nich dotrze i zrozumieją, co ich omija. Po chwili ojciec uśmiechnął się i powiedział:

— Rozumiem.

Na chwilę wszyscy zajęli się wyłącznie przeżuwaniem.

— Mój dziadek ma na imię Skuter — powiedziałem.

— To ciekawe — odezwała się matka.

— No, tak — wepchnąłem sobie do buzi następnego grzyba. — Więc — kontynuowałem — chciałem zapytać, czy wy jesteście biedni?

Rodzice znowu zaczęli się śmiać. Nigdy przedtem nie myślałem, że jestem taki zabawny.

— Zaczynam rozumieć, dlaczego mówią na ciebie Kraksa — powiedział ojciec. Nie wiedziałem, co to miało znaczyć. A on mówił dalej:

— Jeżeli chodzi o twoje pytanie, to nie, nie powiedziałbym, że jesteśmy biedni. A ty myślisz, że jesteśmy?

— Tak mi się wydaje — odpowiedziałem. — Pana dziecko prawie nie ma zabawek, a w waszym domu jest tylko parter. — Postanowiłem być miły i nie mówić, że ich dom wygląda jak garaż.

Uśmiechy nie schodziły im z twarzy.

— Nie — powiedział ojciec. — Wcale nie jesteśmy biedni. Właściwie to powiedziałbym, że w pewnym sensie jesteśmy bogaci.

Może udało im się mnie nabrać, pomyślałem. Może za domem mają limuzynę?

Zjadłem jeszcze kilka panierowanych grzybów, rozglądając się po pokoju. Potem wstałem od stołu. Od samego początku coś mi nie dawało spokoju i teraz już wiedziałem, co to jest. Najpierw sprawdziłem w kuchni. Potem zajrzałem jeszcze raz do dziecinnego pokoju. Sprawdziłem każde pomieszczenie w całym domu, a potem wróciłem do stołu. Wszyscy przyglądali mi się z zainteresowaniem. Ja też nie mogłem oderwać od nich oczu:

— Gdzie jest telewizor?

— Nie mamy telewizora.

To powiedział dzieciak. Wlepiłem w niego oczy:

— Co?

Powiedział to jeszcze raz:

— Nie mamy telewizora.

— Nabierasz mnie.

Pokiwał głową, patrząc na mnie szeroko otwartymi oczami:

— Nie nabieram. Serio.

— To co wy robicie w sobotę przed południem?

— Ja się bawię. I czytam książki.

— I odwiedzamy różne miejsca — dodał ojciec.

— Nie możemy się doczekać, kiedy poznamy okolicę — powiedziała matka. — Tu wszystko jest nowe dla nas, susłów z Dakoty Północnej.

— Kraksa — zwrócił się do mnie ojciec — zastanawialiśmy się, czy w najbliższą sobotę nie pojechać do osady amiszów. To chyba nie jest daleko stąd. Może zabrałbyś się z nami?

— Tak, hura!!! — zapiszczał Webb.

— Będę oglądać kreskówki — powiedziałem.

— Możemy zaczekać, aż się skończą.

— Nie-e. Tata zabiera mnie na mecz Phillies.

— No to może innym razem — zrezygnował.

No to może n i g d y, pomyślałem.

Na deser były prostokątne pierniki z ciepłą cytrynową polewą. Zjadłem sześć i wyniosłem się stamtąd.

7

Tamtego wieczoru zapytałem mamę, jak się pisze niektóre słowa i zostawiłem na swoich drzwiach kartkę, na której była prośba do taty, żeby mnie obudził, zanim położy się spać.

Nie zauważyłem, kiedy wszedł do pokoju, od razu usłyszałem jego głos:

— Co jest, szefie? — zapytał.

Usiadłem na łóżku.

— Tato, możemy w sobotę iść razem na mecz Phillies?

Cisza, jaka nastąpiła po moim pytaniu, była dla mnie odpowiedzią. W ciemności nie widziałem jego twarzy, ale i tak wiedziałem, jak wyglądała: była trochę smutna i trochę wykrzywiona, jakby go coś bolało. Już wiedziałem, że nastąpi jedno z trzech wyjaśnień:

1. Jest właśnie w trakcie rozkręcania własnej firmy i pracuje siedemdziesiąt godzin tygodniowo, żeby to wszystko ruszyło.
2. On i mama już coś zaplanowali na to popołudnie.
3. Jest tak śmiertelnie zmęczony pracą przez siedemdziesiąt godzin w tygodniu, że nie ma nawet siły wysmarkać nosa, a co tu dopiero mówić o wychodzeniu z domu.

Tym razem podał wyjaśnienie numer 1.

— Sorry, Krakso nad Kraksami — powiedział, kładąc

mnie z powrotem na poduszce. — Na pewno dotrzemy na stadion piłkarski przed końcem sezonu. A teraz dobranoc.

— Dobranoc, tato.

W sobotę przed południem jak zwykle oglądałem kreskówki. Co jakiś czas wyglądałem przez okno na ulicę. W samym środku *Królika Bugsa* zobaczyłem ich, jak przejeżdżali. To nie była limuzyna, ani nawet pół limuzyny. Jechali jakimś gruchotem. Jakimś głupkochodem. Bogaci, też mi coś!

Po południu skakałem po kanałach telewizora. Trafiłem na mecz Phillies, ale wyłączyłem telewizor i poszedłem zajrzeć do lodówki. Poprzedniego dnia jedliśmy spaghetti z klopsami. Wziąłem jednego klopsa, włożyłem do woreczka i pobiegłem ulicą. Kiedy dotarłem na miejsce, odpakowałem klopsa i zostawiłem go na samym środku schodów wejściowych do ich domu.

8

I to by właściwie było na tyle. Nigdy nie zapoznałem się bliżej z Webbami. Nie dlatego, że przestali zapraszać mnie na obiady. Robili to. Chyba nie domyślili się, że to ja podłożyłem im tego klopsa. Webb mówił nawet, że zrobią specjalnie dla mnie kotlety z prawdziwego mięsa albo że mogę przynieść własne.

Nie przestali też mnie zapraszać, żebym jeździł z nimi w różne miejsca. Ale ja tylko odpowiadałem „nie" na wszystko albo mówiłem, że tata zabiera mnie na mecz czy gdzieś indziej.

Mniej więcej w trzeciej klasie w końcu przestali mnie zadręczać, więc ja mogłem przestać zadręczać swojego tatę.

W miarę upływu lat Webb odnajdywał inne osobniki swojego gatunku: jakiś głupek tu, jakiś czubek gdzie indziej. Dawał im swoje znaczki. Mi też chciał je dawać, ale w końcu zrezygnował.

Wzdrygałem się, przechodząc czasem obok garażowego domu: żadnych zabawek, żadnego telewizora, żadnego mięsa. To sprawiało, że doceniałem niektóre rzeczy. Czasem wracałem do domu, patrzyłem na to wszystko, co mam, i mówiłem sobie: Dzięki, że nie muszę się trzymać z takimi jak oni.

Kiedy przeszliśmy do gimnazjum, nie byliśmy już przez cały dzień w tej samej klasie. Właściwie się nie spotykaliśmy, tylko on wołał do mnie i machał mi, kiedy widział mnie na ulicy albo na korytarzu.

Potem, dwa tygodnie po rozpoczęciu szóstej klasy, do domu naprzeciwko nas wprowadził się Mike Deluca. Mike nie nosił żadnego znaczka — i to był pierwszy dobry znak.

— Nie jesteś z Dakoty Północnej, co? — zapytałem.

A on zrobił straszną minę i powiedział:

— A jak jestem, to co? Masz z tym jakiś problem?

Zrobiłem krok w jego stronę. Staliśmy nos w nos.

— Może i mam — odpowiedziałem i postukałem go palcem w czoło.

On też mnie postukał.

Popchnąłem go.

On też mnie popchnął.

Walnąłem go pięścią w ramię.

Oddał mi.

Wtedy, dokładnic w tcj samcj chwili, zupełnie jakby jakiś dyrygent machnął pałeczką, obaj zaczęliśmy się śmiać. Jęczeliśmy i wyliśmy ze śmiechu, tarzaliśmy się w trawie. Jeszcze nie znałem imienia tego kolesia, a już wiedziałem, żc będzicmy najlcpszymi kumplami.

Powiedział, że pochodzi z Pitsburga, więc był z Pensylwanii, tak samo jak ja. I chciał być zawodowym futbolistą, tak samo jak ja. Dowiedziałem się tego wszystkiego i dużo więcej w ciągu pięciu minut. Po dziesięciu minutach siłowaliśmy się w trawie. Po piętnastu zrobiliśmy najazd na moją lodówkę.

Trochę później, wyglądając przez okno, zobaczyliśmy przechodzącego Webba. Ciągnął za sobą swój wóz osadników.

— W środku jest żółw — powiedziałem do Mike'a.

— Co jest? — zdziwił się Mike.

— Powiedziałem ci, żółw. On trzyma żółwia w domu i zabiera go na przejażdżki w tym wozie. Robi to prawie codziennie od pierwszej klasy.

Deluca nie powiedział ani słowa. Odsunął zasłonę i przyglądał się Webbowi idącemu w naszą stronę z takim wyrazem twarzy, jakby zobaczył wielkanocnego króliczka z trojgiem uszu. W końcu odwrócił się do mnie i zapytał:

— W której on jest klasie?

— W szóstej — odpowiedziałem. — W tej, co my.

Na twarzy Mike'a pojawił się szeroki uśmiech, a w oczach zapaliły się iskierki.

Opowiedziałem mu, jak poznałem Webba. Opowiedziałem o wszystkim: od znaczków aż po kotlety z owsa. Opowiedziałem też o tym, co zrobiłem Webbowi, aż do tamtej chwili.

— Ale już przestałem zawracać sobie nim głowę — zakończyłem.

Mike jeszcze raz wyjrzał przez okno. Czułem się, jakbym patrzył na kota, który patrzy na wiewiórkę.

— No, dobra — oświadczył. — To się musi zmienić.

9

TERAZ

8 WRZEŚNIA

Dzisiaj był pierwszy dzień szkoły. Siódma klasa. Wszyscy zjawili się piętnaście minut przed dzwonkiem.

Byliśmy wcześniej dlatego, że pierwszy dzień jest zawsze emocjonujący. Ale najbardziej chodziło o to, żeby się wszystkim przyjrzeć. Sprawdzić, jak wyglądają po wakacjach. Prawie każdy wygląda inaczej, przynajmniej trochę się zmienił. I nie tylko inaczej, ale inaczej-lepiej.

Na przykład opalenizna z basenów, z plaż i tak dalej. Na przykład ktoś miał ciemne włosy, a teraz ma jasne; albo ktoś jest wyższy. Ale przede wszystkim liczy się to, co kto ma na sobie.

Powiedziałbym, że jedna czwarta to sprawdzanie, jakie ciuchy mają inne dzieciaki, a trzy czwarte to pokazywanie własnych. Nowe adidasy, nowe metki. Rozmowy o cenach. Na przykład:

— Hej, koleś, zobacz to!

— Taniocha, koleś! Patrz tam.

No więc staliśmy sobie, porównując ceny, a Mike mówi:

— Patrz!

Popatrzyłem.

— Gdzie?

Pokazał:

— Tam!

Powiodłem wzrokiem za jego palcem. Potem pokiwałem głową, uśmiechając się od ucha do ucha.

— Nie uwierzę!

Mike się zaśmiał:

— Któż by inny? Ale numer! Ja wierzę.

Zaśmialiśmy się obaj.

To był Webb. To znaczy, to był dokładnie t a k i s a m, stary Webb. Te same tenisówki z supermarketu, te same prehistoryczne spodnie, pewnie po tym jego pradziadku. To samo mizerne ciało wyhodowane na owsianych kotletach. Tylko znaczek się zmienił. Dzisiaj na znaczku było napisane „Uśmiechnij się".

— Ojej... — zajęczałem cicho. — Nadchodzi.

Mike natychmiast zaczął popisy w swoim stylu, czyli zachowywał się tak, jakby Webb był facetem w porządku albo przynajmniej był normalny. Uśmiech od ucha do ucha i zasuwa:

— Heja, Webberoni! Co tam słychać, koleś? — Podniósł dłoń do góry, a Webb przybił na niej górną piątkę. Potem przybili średnie piątki i dolne piątki oraz piątki za plecami i pomiędzy kolanami. Potem Mike przerobił z nim uściski dłoni. Były pętle i haczyki oraz wykręcanie palców we wszystkie możliwe strony i trwało to chyba z pięć minut.

Przez cały ten czas Mike dbał o szczery i luzacki wyraz twarzy, więc robiłem to samo, chociaż o mało nie umarłem ze śmiechu. Oczywiście Webb, który nie odróżnia, kiedy ktoś widzi luzaka, a kiedy głuptaka, bez przerwy chichotał.

W końcu Mike cofnął się o krok, zmierzył Webba z góry na dół i zasuwa:

— No dobra, Spider, klasa wyglądasz. — Wziął w dwa palce rękaw prehistorycznej koszulki Webba i potarł materiał, niby sprawdzając jakość. Potem poważnie pokiwał głową:

— Heja, dobry gatunek. Gdzie zarwałeś taką koszulkę?

Webb spojrzał w dół na swoją koszulkę, jakby ją widział pierwszy raz w życiu.

— Nie wiem — odpowiedział. — Przeważnie mama kupuje mi ubrania.

— Może takie z Ciucholandu? — zapytał Mike.

Webb przytaknął:

— Może.

Mike i ja eksplodowaliśmy jednocześnie. Odwróciliśmy się, udając, że to nagły, wspólny atak kaszlu. Ciucholand to, wiadomo, sklep dla oszczędnych. Innymi słowy: używane ubrania. Mike i ja prędzej przyszlibyśmy do szkoły w samej bieliźnie niż w czymś z Ciucholandu.

Potem już nie odwróciliśmy się z powrotem do Webba, ponieważ nasze spojrzenia wylądowały na kimś innym. Popatrzyliśmy na nią, popatrzyliśmy na siebie i obaj powiedzieliśmy dokładnie to samo: Kim ona jest?

10

Stała zupełnie sama. Przeszliśmy kawałek w jej stronę, żeby się jej lepiej przyjrzeć.

— Nauczycielka? — zapytałem.

— Nie-e.

— Zgubiła się? Myśli, że to liceum?

— Nie-e. Będzie chodziła do nas.

Trudno było w to uwierzyć, ale nie było to niemożliwe. Co jakiś czas zdarza się, że któraś dziewczyna wraca z wakacji i nie jest tylko trochę inna — trochę lepsza — ale jest, jakby to powiedzieć... „Fiu, fiu!".

Jest taka jedna dziewczyna, teraz już w college'u, o której u nas ciągle krąży legenda. Pierwszego dnia w szkole jej wychowawca nie chciał uwierzyć, że to ona. Posłano ją do gabinetu dyrektora. Dyrektor, sekretarka, pielęgniarka ani woźny — nikt jej nie uwierzył. Nie miała przy sobie żadnego dokumentu, więc nie mogła iść do klasy, dopóki jej matka nie przyniosła świadectwa urodzenia, żeby udowodnić, że to ona.

No i staliśmy tam, przypominając sobie dziewczyny z poprzedniego roku i próbując sobie wyobrazić, jak by wyglądały, gdyby zmieniły się tak, że fiu, fiu!

Mike rzucił:

— Andrea Tarpley?

— W życiu nie — odpowiedziałem. — Ona w ogóle nie wygląda jak Andrea.

Walnął mnie w ramię:

— Właśnie o to chodzi. Jeżeli to rzeczywiście jest Andrea, to już nigdy nie będzie wyglądać jak Andrea.

Przyjrzałem się jej uważniej.

— Niemożliwe.

Przypominaliśmy sobie inne nazwiska:

— Rita Mazelli?

— Julie Stein?

— Michelle Pratt?

— Czekaj! — zawołałem. — Zwinąłem dłonie w trąbkę i popatrzyłem przez nie jak przez teleskop. — To jest Michelle.

Mike zrobił sobie własny teleskop.

— Nie sądzę. Zobacz, stoi całkiem sama. Gdyby to była Michelle, to byłaby z przyjaciółkami.

— Nawet jej przyjaciółki nie mają pojęcia, że to ona — powiedziałem. — Podchodzę.

— Podchodzisz? I co zamierzasz zrobić?

— Nie wiem. Powiem cześć.

Wystartowałem. Mike ruszył moim śladem, szepcząc:

— Ale ty się nie interesujesz dziewczynami.

— Właśnie się zainteresowałem.

Kiedy się zbliżałem, stała bokiem do mnie i patrzyła przed siebie. Była śliczna. Podszedłem prosto do niej i zrobiłem ten pierwszy krok w swoim życiu. Postukałem ją po ramieniu i powiedziałem:

— Cześć, Michelle.

Odwróciła się. Uśmiechała się i patrzyła prosto na mnie. Była boginią.

— Nie jestem Michelle — powiedziała i odeszła.

Na chwilę mnie zamurowało. Potem poszedłem za nią i jeszcze raz postukałem ją w ramię.

— Jesteś pewna?

Odwróciła się. Uśmiechnęła się w taki sam sposób.

— Jestem pewna — powiedziała i poszła dalej.

Zadzwonił dzwonek. Drzwi się otworzyły. Stado ruszyło. Mike za moimi plecami cały czas krztusił się ze śmiechu.

■■■■■

Spędziłem resztę dnia na przyglądaniu się tej dziewczynie. Tak samo jak setka innych kolesi.

Miała rację, nie nazywała się Michelle Pratt. Nazywała się Jane Forbes. Przeprowadziła się tutaj z Wilmington. Chodzi do siódmej klasy.

Jadłem lunch z Mikiem. Zobaczyliśmy ją w kolejce po sałatki. Najwyraźniej ciągle była sama.

— Myślisz, że zgłosi się na cheerleaderkę? — zapytał Mike.

Przed południem dyrektor ogłosił zapisy do drużyny futbolu, do cheerleaderek i na inne zajęcia.

— Jeżeli sama się nie zgłosi, to ją poproszą — powiedziałem.

— Ty to masz szczęście — powiedział Mike. — Biegasz z piłką, a ja jestem od czarnej roboty. Ona mnie nawet nie zauważy.

Mike jest linemanem, gra w linii z innymi zawodnikami. Ja, jako fullback, na stałej pozycji. Kiedy on leży przywalony stertą ciał, ja przebiegam przez linię bramki. W zeszłym roku musiałem siedzieć na ławce rezerwowych z innymi szóstoklasistami. W tym roku już nic mnie nie dzieli od pierwszej grupy. A może nawet od nagłówków gazet.

— Musisz się z tym pogodzić — powiedziałem. — Będzie mówiła tak — zapiszczałem cienko jak dziewczyna: — „O! To Kraksa Coogan! Zdobywa kolejne przyłożenie! Słowo daję, zakochuję się w tym chłopaku. On tak dobrze gra i jest taki przystojny. Całkiem inny niż ten brzydki, krzywonosy Mike Deluca!”.

Mike trzepnął mnie bananem, który wziął ze swojej tacy.

Wyciągnąłem parówkę z jego hot doga i posmyrałem go po nosie.

On schwycił parówkę z mojego i wycelował nią w moją głowę.

Dzieciaki wokół nas miały coraz lepszy ubaw.

Zacisnąłem rękę w pięść i rozgniotłem na miazgę jego bułkę od hot doga.

On zaatakował moją ciosem karate.

Przewróciłem do góry nogami budyń czekoladowy na jego tacy.

On zrobił mi to samo.

Teraz już panował wokół nas straszny rwetes. Mike i ja zaczęliśmy się śmiać. Jak do tej pory pojedynek był nierozstrzygnięty. Nie było mowy, żebym przestał. Nigdy w całym swoim życiu nie znalazłem się na pozycji numer dwa. Nie znosiłem przegranych. No i nigdy nie przegrywałem. Zgodnie z tym, co jest napisane na jednej z moich koszulek: ZAWSZE STAWIAM NA SWOIM.

Problem w tym, że Deluca jest dokładnie taki sam.

Wziąłem trochę sałatki ziemniaczanej i rzuciłem mu w twarz.

On zanurzył słomkę w mleku, zacisnął na niej palce, zassał, skierował słomkę w moją stronę i puścił. Dostałem mleczny prysznic.

Dzieciaki wkoło wpadły w szał.

Zamrugałem. Uśmiechnąłem się. Pokiwałem głową. Wyciągnąłem słomkę ze swojego mleka. Pociągnąłem duży łyk z kartonu. Wyplułem mu mleko w twarz.

Podwójny aplauz!

Wziąłem na łyżkę trochę budyniu czekoladowego i kiedy szykowałem się, żeby go wystrzelić, poczułem na ramieniu czyjąś dłoń. Jakiś głupi dzieciak, pomyślałem i wycelowałem w nią budyń. Dokładnie w tej samej chwili uświadomiłem sobie, że ta dłoń, jak na dłoń dzieciaka, jest strasznie duża. Popatrzyłem w górę. To był nauczyciel.

11

Zastępca dyrektora przywitał nas uśmiechem. To był dobry znak.

— Panowie, nie warto nawet siadać — powiedział. — Nie zabawicie tutaj długo. W zasadzie — oparł się wygodnie w swoim obrotowym fotelu i założył ręce za głowę — to nawet nie chcę słuchać, dlaczego tu jesteście.

Spojrzał na mnie:

— Coogan, wcale mnie nie dziwi, że to właśnie ty pojawiasz się tutaj pierwszy w tym roku. Słyszałem, że niezły z ciebie zderzak.

Pochylił się do przodu i trzasnął ręką w blat biurka. My podskoczyliśmy, a on się uśmiechnął.

— Ale mamy dzisiaj pierwszy dzień, mam rację? Więc tym razem ujdzie wam to na sucho. Przypominam, że jestem wielkim fanem futbolu, a wy, panowie, wyglądacie, jakbyście potrafili dobrze nadepnąć komuś na ogon. Więc tylko mówię, żebyście zostawili sobie te ekscesy na boisko. — Jego wzrok przesunął się ze mnie na Mike'a i z powrotem. — W porządku?

Przytaknęliśmy:

— W porządku.

On też pokiwał głową:

— No to w porządku. Zmiatajcie stąd.

Kiedy wychodziliśmy, zawołał:

— Panowie!

Odwróciliśmy się do niego.

— Wejdźcie mi w drogę, a dobiorę się wam do skóry przy porannej kawie.

W holu wziąłem Mike'a pod rękę

— Hej, facet, słyszałeś? Jestem niezły zderzak!

■■■■■

Po lekcjach spotkaliśmy się przy mojej szafce i wzięliśmy kurs na salę gimnastyczną. Po drodze dołączały do nas inne dzieciaki z drużyny futbolowej. Wszystkich rozpierała energia. Zaczęliśmy się nawzajem popychać, robić uniki, zakładać bloki.

Nagle pojawił się rozgrywający Brill, który niósł piłkę. No i — wiadomo, jak to jest — musieliśmy natychmiast wznowić grę, już tam, na korytarzu. Pierwsza piłka w stronę wodotrysku z wodą pitną, potem nagły zwrot do laboratorium. Podania, mocne wejścia, bloki, karambole. Bez przerwy, nawet na schodach. Inni też szli w stronę sali gimnastycznej. Hokej i cheerleaderki.

Nawet Webb.

Szturchnąłem Mike'a:

— Widzisz go? Nie wierzę własnym oczom. Grał w minifutbol przez rok. Nie odróżniłby kasku od ochraniacza na krocze. Jakim prawem tutaj przychodzi?

Mike uśmiechnął się szeroko:

— Może chce zostać fullbackiem.

Futbol, hokej na trawie, cheerleaderki — wszyscy tłoczyli się wokół sali gimnastycznej, przybijając piątki, kopiąc piłkę. Pan Tagleiber, trener, zagwizdał i krzyknął:

— Cisza! Uwaga! Futbol tutaj, hokej na trawie tam, cheerleaderki tam. Przejść na miejsca!

Mike i ja wspięliśmy się na trybuny razem z innymi futbolistami. Dziewczyny od hokeja na trawie zajęły trybuny po drugiej stronie sali gimnastycznej. W końcu pod tablicą wyników zostały tylko cheerleaderki.

Pojawił się pan Lattner, główny trener futbolu. My, futboliści, aż podskoczyliśmy i zaczęliśmy wyrzucać w górę i w dół zaciśnięte pięści, krzycząc „Uuuu!". Trener roześmiał się, machnął pięścią w odpowiedzi, więc wpadliśmy w szał.

Wtedy palnął to samo przemówienie co zawsze: o zgodzie rodziców, badaniach lekarskich i tak dalej. Ni stąd, ni zowąd Deluca z całej siły walnął mnie łokciem:

— Hej — mruknąłem groźnie. Byłem gotów go trzasnąć.

— Zobacz — wyszeptał. Mówił napiętym, skrzeczącym głosem. Pokazywał na tył sali gimnastycznej, pod tablicę wyników.

Spojrzałem i zobaczyłem Jane Forbes. To rzeczywiście była ona. Najpiękniejsza z pięknych. Ale nagle uświadomiłem sobie, że nie na nią pokazuje Mike. Pokazywał na kogoś, kto nawet nie był ładny, ale odróżniał się dziesięć razy bardziej niż nowa dziewczyna z Wilmington.

Penn Webb zgłosił się jako cheerleader.

12

Abby była na podwórku za domem. Chodziła na czworakach, przesuwając za sobą i przed sobą dwudziestopięciocentymetrową linijkę.

— Co ona robi? — zapytał Mike.

— Nieważne — odpowiedziałem. — I tak świadczy to o braku piątej klepki.

Po wejściu do domu rzuciłem na ziemię torbę z brudnymi rzeczami po treningu i poszedłem prosto do telefonu. Wykręciłem numer do Pizza Mia:

— Jedna pizza z dostawą. Duża. Peperoni. Waverly Way czterysta trzydzieści osiem. – Odłożyłem słuchawkę. — Trzydzieści pięć minut.

— Umrzemy z głodu, zanim to dotrze — mruknął Mike.

Otworzyłem lodówkę.

— Spokojnie, szefie. — Rzuciłem mu dwulitrowe opakowanie lodów Sealtest, wyjąłem słoik kandyzowanych wiśni, bitą śmietanę Cool Whip i syrop czekoladowy. Zrobiliśmy sobie prawdziwe lody melba w prawdziwych pucharkach lodowych.

— Shultz mówi, że jesteś śmierdzielem — powiedział Mike.

— Shultz jest tyle wart, co dwa gluty — odpowiedziałem.

Eric Schultz jest backiem defensywy. Z ósmej klasy.

Zdaje mu się, że jest twardy. Zdaje mu się, że powinienem się go bać tylko dlatego, że ja jestem z siódmej.

Mike włożył sobie do ust pełną łyżeczkę Cool Whipa.

— Mówi, że nie może się doczekać pierwszego treningu. Że będziesz z płaczem uciekał do domu.

Uśmiechnąłem się pod nosem:

— On tak mówi? I kto jeszcze? Kiedy już załatwię z nim sprawy, to czmychnie, żeby dołączyć do Webba i cheerleaderek. — Wstałem. Zatrzepotałem rzęsami, zakręciłem się wkoło, zacisnąłem pięści, wystawiając kciuki do góry, tak jak robią dopingujące dziewczyny. — Ra-ra-ra kto-wy-gra! — Potem podskoczyłem na dwóch nogach i odrzuciłem ramiona do tyłu. — Bum!

Zaśmialiśmy się.

— Myślisz, że Webb tak na poważnie? — zapytał Mike? — Że naprawdę wyjdzie na boisko?

Wzruszyłem ramionami:

— Nie wiem. Już nieraz widziałem, jak ten dzieciak robił dziwaczne rzeczy.

— Ale myślisz, że to dozwolone?

— Chyba tak. W college'u też jest męski cheerleading.

— Racja — powiedział. — Masz rację. Podnoszą dziewczyny w górę i trzymają na jednej ręce.

Obaj wyobraziliśmy sobie partnerkę Webba w takich opałach i znowu zaczęliśmy pękać ze śmiechu.

Pizza dotarła. Potem znikła w ciągu pięciu minut. Jak zwykle nie mogliśmy się ze sobą nagadać. Przede wszystkim o futbolu. Ale też o nowym centrum handlowym, które ma być niedługo otwarte.

13

Nigdy nie wiadomo, kto się pierwszy zjawi w domu. Tego wieczoru to była mama.

Jeszcze zanim zdążyła zamknąć za sobą drzwi, kopnęła buty przez cały pokój. Potem rzuciła się na fotel i zapadła się w nim: nogi wyprostowane, pięty oparte na dywanie, palce nóg podniesione w górę, głowa odchylona do tyłu, zamknięte oczy.

— Jadłeś coś?

— Tak — odpowiedziałem. — Pizzę. Był tu Mike.

Nie ruszała się. Wyglądała jak nieżywa.

Do pokoju wpadła Abby.

— Mamo! — Rzuciła na sofę linijkę i wskoczyła na kolana prawie martwemu ciału.

Mama zamruczała:

— Hej, ty już dawno nie masz trzech lat. Kiedy przestaniesz być taka rozbrykana? — Nadal nie otwierała oczu.

Abby podskoczyła na jej kolanach:

— Ja muszę być taka rozbrykana, bo ty przez cały czas jesteś taka zmęczona. Muszę za ciebie nadrabiać zaległości.

Prawa powieka mamy podniosła się na chwilę, a potem znowu opadła.

— Ty też byś była zmęczona, gdyby przez całe wieki nie udawało ci się sprzedać ani jednego domu.

Mama sprzedaje nieruchomości.

Abby skrzywiła się i uderzyła pięścią w poręcz fotela.

— O, nie! Tylko nie to! — Pociągnęła głowę mamy na swoje ramię i przytuliła ją, jakby to ona była mamą. — A może mi sprzedasz jakiś dom, mamo? Ja od ciebie jeden kupię. — Włożyła mamie rękę pod pachę i zaczęła ją łaskotać.

Mama krzyknęła, zerwała się na równe nogi i odepchnęła rękę Abby.

— Dlaczego ty mnie po prostu nie zostawisz, żebym mogła się pomartwić w spokoju? — powiedziała, ale mówiąc to, śmiała się i przytulała Abby. Potem poszukała wzrokiem mnie.

— Jak ci minął pierwszy dzień?

Wzruszyłem ramionami:

— W porządku. Penn Webb zapisał się do cheerleaderek.

Mama otworzyła szeroko oczy:

— Penn Webb? Ten chłopiec?

— Jeżeli koniecznie chcesz go tak nazywać...

— On jest fajny — wtrąciła się Abby. — Ja go lubię.

Nie wiem dlaczego, ale wkurza mnie to, że Webb i moja siostra są do siebie podobni. Zwłaszcza z tą przyrodą. Chodzą razem na spacery z jego żółwiem i to jest najlepszy dowód na to, jaki on jest niedojrzały, skoro trzyma się z kimś z piątej klasy. I oboje są rozbrykani.

Do domu wszedł tata. Wyglądał na jeszcze bardziej znużonego niż mama, o ile to w ogóle było możliwe.

Abby podbiegła do niego:

— Tata! Tata! Kocham cię, tato! — Objęła go rękami w pasie i przytuliła się do jego koszuli. Tata spojrzał w bok, na mamę.

— Czy ona ode mnie czegoś potrzebuje?

Mama podniosła się z fotela i poszła do kuchni, powłócząc nogami.

— Jest po prostu rozbrykana. Zjesz coś?

— Nie martw się o mnie — powiedział, pozwalając Abby zabrać swoją aktówkę. — Coś sobie wezmę.

Mama machnęła ręką, wchodząc do kuchni:

— W porządku. I tak już tu jestem.

Abby trzymała obiema rękami aktówkę, która w jej rękach wyglądała jak wielka walizka.

— Tato, ja naprawdę czegoś od ciebie chcę. Chcę wiedzieć, ile stóp kwadratowych ma jeden akr.

Z kuchni dotarł do nas głos mamy:

— Czterdzieści trzy tysiące pięćset sześćdziesiąt.

Wszyscy troje ze zdumieniem popatrzyliśmy na drzwi do kuchni, w których po chwili pojawiła się twarz mamy:

— Dyplomowany pośrednik handlu nieruchomościami. — Twarz znikła.

Abby otworzyła aktówkę taty i wyjęła z niej kalkulator. Nacisnęła kilka klawiszy, a potem wydała okrzyk radości. „Juhu!".

Tata wziął od niej kalkulator:

— Co liczyłaś?

Abby zacisnęła pięści. Popatrzyła tajemniczo.

— To będzie niespodzianka...

Poszedłem na górę do swojego pokoju. Po chwili poczułem zapach smażonej cebuli. Wróciłem na dół.

Cała trójka była w kuchni. Mama smażyła panierowany ser. To jedna z tych niewielu rzeczy, które potrafi dobrze przyrządzić. Popatrzyła na mnie i zmarszczyła brwi.

— Ty to już chyba nie jesteś głodny, co?

Nic nie powiedziałem, bo nie musiałem nic mówić. Mama znała odpowiedź. Dołożyła jeszcze jeden kawałek.

Podsunąłem tacie formularz:

— Musisz to podpisać. Pozwolenie na grę w futbol.

Przeczytał.

— A co będzie, jeżeli się nie zgodzę?

— I tak będę grał.

Tata odsunął papier:

— Zastanowię się.

Graliśmy w tę niewinną grę co roku, od czasu minifutbolu.

— Eric Shultz mówi, że odeśle mnie do domu z płaczem — powiedziałem.

Tata pokiwał głową.

— I co, jesteś przerażony?

— Śmiertelnie.

Mama podała kotlety z sera.

— Penn Webb zapisał się do cheerleaderek — powiedziałem.

Tata zazwyczaj jest dość opanowany, ale tym razem podniósł głowę tak gwałtownie, jakby mu ktoś od tyłu założył haka.

— Kto? Co zrobił?

— Penn Webb chce być cheerleaderem.

Tata odgryzł kawałek swojej kanapki. Przeżuwał, kiwając głową, śmiejąc się cicho i mówiąc jednocześnie:

— To dopiero jest przerażające.

Obaj, tata i ja, wybuchnęliśmy śmiechem. Abby gapiła się na nas bez słowa.

— I do tego nosi ubrania z Ciucholandu — powiedziałem.

— To nie żadna zbrodnia — odezwała się mama.

— Co to jest Ciucholand? — zapytała Abby.

— Tani sklep — powiedziała mama.

— To znaczy — dopowiedziałem — z używanymi rzeczami. Na przykład używanymi ubraniami. On nosi szmaty, które inni ludzie wyrzucają.

Mama posypała swój kotlet pieprzem. Potem powiedziała do Abby:

— To nie są szmaty. To są ciągle jeszcze dobre ubrania, które ludzie oddają na sprzedaż. Dochody z tej sprzedaży przeznacza się na szpitale.

Abby zlizała trochę roztopionego sera.

— Coś jak ubrania z recyklingu?

— Dokładnie to.

Abby ugryzła kilka kęsów. Nie przestawała patrzeć na mamę. Jakby przeżuwała coś więcej niż kotlet.

— Mamo?

— Słucham?

— Czy mogę od dzisiaj dostawać ubrania z Ciucholandu?

Mama się uśmiechnęła:

— Zobaczymy.

— Jeżeli on rzeczywiście zacznie być cheerleaderem, to pewnie znajdzie sobie jakąś używaną spódniczkę — powiedziałem.

Tata parsknął krótko. Kobiety tylko popatrzyły.

Mama zwróciła się do Abby:

— Jeżeli już mówimy o sprawach płci, to dlaczego zapytałaś, ile jest stóp kwadratowych w jednym akrze swojego tatę? Dlaczego nie swoją mamę?

Abby miała żółte wąsy z roztopionego sera. Przez chwilę wyglądała na zbitą z tropu.

— Myślałam... Zdawało mi się, że... że akry to męska sprawa.

— Taki sposób myślenia — powiedziała mama, wycelowując w nią palec — zrobi z c i e b i e obywatela drugiej kategorii.

Abby zamyśliła się nad tym zdaniem. Ona tak robi. Jeżeli chodzi o mnie, to kiedy dorośli mówią coś bez sensu, puszczam to mimo uszu. Po co sobie zawracać głowę?

Powiedziałem do taty:

— Pierwszy mecz jest ósmego października. — Powinienem był przerwać już w tym miejscu, ale usta same mi paplały: — Gramy z Hillside East. Myślisz, że uda ci się przyjść?

Tata ugryzł jeszcze raz, wziął łyk wody sodowej, posolił kotlet, zamrugał. Odchrząknął, ale nic nie powiedział.

Pokiwał głową.

Miałem ochotę się zabić. Przecież nie musiałem od razu stawiać go w takiej sytuacji. Wystarczyło tylko wspomnieć datę i tak to zostawić. Uderzyłem się pięścią pod stołem.

Abby skończyła rozmyślania. Zdecydowanym ruchem podniosła głowę i powiedziała:

— W porządku. Mamo, czy mogę dostać znaczek, kopertę i kartkę?

— Poproś tatę — powiedziała mama. — Znaczki, koperty i papier to jego działka.

Abby zachichotała i podniosła ręce do góry.

— Poddaję się. Nigdy w życiu się nie połapię, o co chodzi z tymi płciami.

Nawet ja musiałem się roześmiać.

Nie wiem, jak długo jeszcze siedzieliśmy przy stole, chociaż talerze dawno były już puste. Kiedy już zbierałem się, żeby odejść, Abby powiedziała:

— Nic nie zauważyliście?

Spojrzeliśmy na nią wszyscy. Ja bym sobie nie zawracał głowy, ale mama zapytała:

— Czego nie zauważyliśmy?

Abby podniosła ręce i z uśmiechem tak szerokim, że przypominała rozciętą bułkę do hot doga, oznajmiła:

— Zjedliśmy wszyscy razem kolację!

Odszedłem. W pokoju na dole zgasło światło. Zacisnąłem kciuk we wnętrzu dłoni: „Juhu! Całkiem jak prawdziwa rodzina".

14

13 WRZEŚNIA

Pierwszy dzień treningu. Nie mogłem się doczekać, kiedy wreszcie założę ochraniacze. Ale przedtem mieliśmy jeszcze coś do załatwienia z Webbem.

Wczoraj Mike powiedział do mnie:

— Masz pojęcie, że od tylu dni chodzimy do szkoły i jeszcze nic nie zrobiliśmy Webbowi?

Pokiwałem głową ze zrozumieniem:

— Nie do wiary.

— To hańba!

— Musimy coś wymyślić.

— Zanim zacznie mu się wydawać, że jest bezpieczny.

— Jutro.

Przez cały poprzedni rok dokuczaliśmy Webbowi. Przeważnie były to drobne kawały, na przykład robienie bałaganu w jego szafce, ubraniach albo w książkach. Na przykład coś ginęło, a potem w tajemniczy sposób znajdowało się następnego dnia czy w następnym tygodniu. Albo Webb zastanawiał się, dlaczego wszyscy go szczypią, a potem znajdował kartkę z napisem „Uszczypnij mnie" przypiętą do pleców.

On jest takim tępakiem! Nigdy się nie domyśla, czyja to sprawka. Nigdy się na nas nie wścieka. Właściwie to on się nigdy nie wścieka na nikogo. Ciągle jest taki sam: pogodny, beztroski, radosny. Co za głupek!

No więc obmyśliliśmy wszystko wczoraj i zrealizowaliśmy dzisiaj, na ostatniej lekcji geografii.

Mike przyniósł musztardę w miękkim opakowaniu. Wepchnął mi ją do ręki przed lekcją. To ja siedziałem za Webbem.

Mike zabrał się do dzieła, gdy tylko Webb wszedł do klasy. Dzisiaj napis na znaczku głosił „Przytul drzewo".

— Siemanie, Spiderman. Co tam, koleś?

Wymienił z nim szalone uściski dłoni, żeby Webb się wyluzował, bo właśnie taki był nam potrzebny: wyluzowany i odprężony. W tym roku zauważyliśmy, że Webb ma nowy zwyczaj: czuje się w klasie jak w domu i często zdejmuje tenisówki. Tym razem też nie trzeba było długo czekać. Jakieś dziesięć minut po rozpoczęciu lekcji pierwszy tenisówek zjechał z nogi. Mike skinął głową. Wyciągnąłem musztardę, wstrząsnąłem jak należy, schyliłem się i wycisnąłem solidną porcję wprost w to śliczne maleństwo. Jeszcze zanim zdążyłem się wyprostować, z nogi zsunęła się druga ślicznotka z supermarketu. Plask, plask — jakbym polewał długiego, tenisówkowego hot doga.

Od tej chwili co parę minut nurkowałem pod ławkę: plask, plask. Po drodze, rzetelnie wypełniając swoje zadanie, zauważyłem, że tematem lekcji była erozja. Usłyszałem nawet, jak nauczyciel wspominał coś o wiatrach w Dakocie Północnej.

Nie przestawałem ściskać pojemnika, dopóki na końcówce nie ukazały się żółte bąbelki. Wtedy odkręciłem zakrętkę, włożyłem do środka ołówek tym końcem, na którym była gumka, wydobyłem resztkę musztardy, a następnie pomalowałem nią języki i sznurowadła tenisówek.

Lekcja się kończyła. Patrzyliśmy pod ławkę, jak białe skarpety Webba zaczynają szukać tenisówek. Znalazły. Zaczęły się wsuwać do środka. Zatrzymały się. Zadzwonił dzwonek.

Z trudem udało nam się dobiec do drzwi, zanim zaczęliśmy się pokładać ze śmiechu. Na korytarzu odeszliśmy kawałek i czekaliśmy, aż Webb wyjdzie z sali. Był ostatni. Szedł sobie korytarzem, jak gdyby nic się nie stało. Tylko jego skarpety były teraz żółte, a nie białe, a ślicznotki z supermarketu trzymał w ręku.

Gdyby śmiech był niebezpieczny dla zdrowia, to Mike i ja bylibyśmy teraz na oddziale intensywnej terapii.

15

Podobam się sobie, kiedy ubiorę naramienniki. I tak jestem duży, a gdy jeszcze włożę na siebie sprzęt, to robię się szeroki jak autobus.

Deluca przyłapał mnie, jak patrzyłem w lustro w szatni.

— Możesz sobie popatrzeć, chłopie. I tak jesteś brzydki.

— Nie jestem brzydki. Jestem groźny. Aż sam siebie się boję. — Poruszyłem ramionami. Naramienniki przesunęły się jak dwa pagórki.

— Właśnie to mówiłem. Jesteś groźny dlatego, że jesteś taki brzydki. Będziesz zdobywał przyłożenie za każdym razem, kiedy dostaniesz piłkę, bo nikt nie będzie chciał cię dotknąć.

— Przynajmniej nie pachnę tak jak ty — powiedziałem. — Jak poczują twój zapach, to pomdleją i wygramy walkowerem.

— A ty jesteś taki brzydki, że kiedy się urodziłeś, doktor przez pomyłkę dał ci po buzi zamiast po tyłku.

— Taak?

— Tak.

Szliśmy właśnie przez parking na boisko. Mieliśmy na głowach kaski. Popchnąłem Mike'a. Mike popchnął mnie. Ja walnąłem go pięścią, on walnął pięścią mnie.

— Taak?

— Tak.

Natarliśmy na siebie, zderzając się naramiennikami.

Waliliśmy się kaskami jak wielkorogie barany. Pokrzykiwaliśmy i warczeliśmy na siebie groźnie.

Tak naprawdę to nie byliśmy na siebie wściekli. To była tylko część futbolu. Futbol to jest — wiadomo! — ostra i emocjonująca gra. Im bardziej ktoś jest podładowany, tym lepiej. Minął prawie rok od czasu, kiedy komuś dołożyliśmy, ale teraz nie przestawaliśmy ścierać się naramiennikami i uderzać kaskami, gotowi nawzajem się pozabijać.

Wtedy napatoczył się Schultz. Wszedł dokładnie pomiędzy Mike'a i mnie. Odpychając nas od siebie rękami, powiedział:

— Przepraszam, panienki.

W jednej chwili byłem na nim, jak ser na pizzy. Upadliśmy na ziemię. Walnąłem go kilka razy pięściami, ale wskórałem tylko tyle, że zaczęły mnie boleć kostki obite o jego kask. Równie dobrze mogłem boksować małża. Wtedy, śmiejąc się głośno, rozdzielili nas trenerzy.

Trener liniowy powiedział:

— Nie chciałbym być na miejscu Hillside East i mieć w perspektywie meczu z takimi drabami jak wy.

A trener Lattner dodał:

— Chyba powinniśmy zaczynać, dopóki ktoś jeszcze został przy życiu. — Zagwizdał. — Drużyna futbolu! Cztery okrążenia! Start!

Sezon futbolowy został oficjalnie otwarty.

Biegłem obok Mike'a. Kiedy okrążaliśmy szkołę, z budynku wychodził cheerleading. Był ich cały tłum. Nikogo jeszcze nie wyeliminowano.

Dwie osoby stały przy wodotrysku obok wejścia do sali gimnastycznej: Webb i Jane Forbes. Jane pomagała Webbowi wypłukać tenisówki.

16

Rozmawialiśmy o tym po drodze do domu.

— Nie mogłem uwierzyć własnym oczom — powiedziałem.

— Wygląda na to, że ona go lubi.

Jęknąłem:

— Lubi go? Odbiło ci? Żadna dziewczyna nie może lubić takiego owsianego kotleta.

Mike uśmiechnął się domyślnie:

— Jesteś zazdrosny i tyle, bo ona ci się podoba.

Roześmiałem się.

— Ja? Jesteś głupszy niż ustawa przewiduje. Jak mogłaby mi się podobać taka nadęta lala? — Zaśmiałem się jeszcze głośniej.

Jak zwykle zamówiliśmy pizzę z mojego domu. Mama powiedziała, że odtąd muszę pytać Abby, czy ona też chce pizzę. Abby jak zwykle była na dworze. Chciała pizzę. Zamówiłem dwie średnie, żeby wystarczyło dla całej naszej trójki, obie z peperoni.

Kiedy je dostarczono, Abby wzięła sobie trzy kawałki i zaczęła z nich wybierać peperoni.

— Co ty robisz? — zapytałem.

Układała peperoni na swoim talerzu jak dwudziestopięciocentówki:

— Jestem wegetarianką.

— Od kiedy?

Mike uśmiechnął się szyderczo:

— Odkąd zaczęła się trzymać z Niunią Webb.

Abby spojrzała na mnie z przemądrzałą miną.

— Nie jem niczego, co ma otwór gębowy.

— O, zaczyna już nawet mówić jak on — bełkotał Mike z pełnymi ustami. — Z minuty na minutę staje się coraz większym dziwadłem.

— Widziałaś kiedyś peperoni z twarzą? — zapytałem. — Zdaje ci się, że one żyją małymi stadami na jakimś ranczu?

— Co ty wygadujesz? — powiedział Mike. — Peperoni nie hoduje się na ranczu. Peperoni są dzikie. Trzeba na nie polować w lesie.

— Ale tylko wtedy, kiedy jest sezon łowiecki na peperoni — wpadłem mu w słowo.

— Oczywiście. Inaczej można trafić do pudła za kłusownictwo.

Wybuchnęliśmy śmiechem.

Mike zaczął udawać myśliwego ze strzelbą:

— Musimy go dostać pierwszym strzałem.

— Tak jest — zawyłem. — Nie ma nic bardziej niebezpiecznego niż zraniony samiec peperoni!

— Bang! — dokazywał Mike.

I już tarzaliśmy się ze śmiechu po podłodze. Abby patrzyła na nas z góry.

— A kiedy już ustrzelimy dzikiego peperoni — wykrztusiłem z trudem — to go pożremy! — Sięgnąłem do talerza siostry, schwyciłem stertę plasterków peperoni i wepchnąłem sobie do ust. — Właśnie tak!

Abby wstała.

— Jesteś okropny! — powiedziała i zabrała swój talerz na podwórko.

Parę minut później, kiedy w ciszy jedliśmy swoją pizzę, Mike spojrzał w kąt kuchni za moimi plecami i powiedział:

— A to co?

— Co? — zapytałem.

Pokazał palcem.

— Widziałem, że coś się ruszało. Jakby chodziło. Za lodówką.

Popatrzyłem w tamtą stronę:

— Pewnie jakiś robak. — Miałem tylko nadzieję, że to nie karaluch.

Znowu zajęliśmy się jedzeniem, ale dziesięć sekund później Mike podskoczył na krześle i zerwał się na równe nogi.

— Ooo!

Odwróciłem się szybko, ale nic nie zobaczyłem.

— To nie był żaden robak! Chyba że to jakiś King Kong w swoim gatunku.

Nagle odechciało mi się jeść i zrobiło mi się jakoś chłodno.

— Gdzie to się schowało? — zapytałem.

— Tam. — Mike pokazywał w róg kuchni.

— W koszu na śmieci?

— Tak. Za koszem. Chyba. Albo pod. Tylko jedno ci powiem, koleś...

— Co? — Mój głos brzmiał jakoś dziwnie.

— To jest szybkie.

Podciągnąłem stopy w górę, na brzeg krzesła. Mike schwycił miotłę. Zaczął iść sztywnym krokiem w stronę kosza, trzymając trzonek od miotły jak miecz.

— Co chcesz zrobić? — zapytałem.

— Wypłoszę to.

— Jesteś pewien, że chcesz to wypłoszyć?

— Tak.

Mówiliśmy szeptem.

Mike zaczął szturchać kosz kijem od miotły. Nic się nie działo, tylko ja skuliłem się trochę bardziej. Mike szturchnął jeszcze raz. Znowu nic.

— Chyba sobie poszło — powiedziałem.

Mike szturchał dalej, a potem, niespodziewanie, samym końcem miotły odsunął kosz. I wtedy wyszło. Mike miał rację, to naprawdę było szybkie: szara, ruchliwa plama przemknęła po podłodze...

I potem... potem popatrzyłem w dół, na Abby. Musiałem patrzeć naprawdę w dół (dlaczego nagle zrobiła się taka mała?), a ona popatrzyła na mnie do góry szeroko otwartymi oczami, zadyszana, i zapytała:

— Co się stało?

— Co?

— Dlaczego krzyczeliście?

— Kto krzyczał?

— I co ty robisz na górze? Jak mama się dowie, że wszedłeś na stół w kuchni...

Spojrzałem na swoje stopy. Abby miała rację: rzeczywiście stałem na kuchennym stole. Jak to się stało?

Usłyszałem głos Mike'a:

— To mysz.

Abby klasnęła w dłonie:

— Super! Gdzie?

— Żadna mysz, niech mnie skręci. To był szczur. — Usiadłem na krawędzi stołu. Moje stopy nadal trzymały się z dala od podłogi.

Mike rozstawił palce na jakieś dwa cale:

— To była mysz.

Abby zaśmiała się szyderczo.

— Mój wielki, odważny brat, Kr-r-raksa Coogan! Boi się myszy!

Poczułem, że mam ochotę ją zabić.

— Nie boję się. Po prostu nie lubię. To mała różnica.

Ale i tak nikt mnie nie słuchał. Abby wypytywała Mike'a.

— No więc? No, powiedz! Dokąd uciekła?

Mike wskazał głową w stronę jadalni:

— Poszła tam.

Abby przebiegła przez drzwi szybciej od tamtego gryzonia.

17

Po wyjściu Mike'a Abby ciągle jeszcze prowadziła poszukiwania. Nie przestała aż do powrotu taty. Kiedy zamknął za sobą drzwi wejściowe, powiedziała do mnie ściszonym głosem:

— Nic nie mów.

— W domu jest jakiś gryzoń — powiedziałem głośno. — Może nawet szczur.

Abby zmierzyła mnie groźnym wzrokiem.

— To mysz — powiedziała.

Tata się skrzywił.

— Tylko tego mi brakowało. Widzieliście ją?

— Tak. W kuchni. Wbiegła gdzieś tutaj.

Rozejrzał się wokoło, jakby myślał, że mysz zamierza wyjść na środek i przyjąć oklaski. Abby pobiegła na górę. Tata westchnął głęboko.

— Powiedz mamie, żeby zastawiła pułapkę.

— Lepiej zastawić więcej niż jedną — powiedziałem.

Tata skinął głową. Otworzyły się frontowe drzwi i weszła mama. Kiedy usłyszała, jak tata mówi: „Mamy w domu mysz", przygasła na twarzy tak samo jak on, gdy dowiedział się o tym ode mnie.

Często widzę to przygasanie twarzy. To się zdarza prawie zawsze, kiedy wracają z pracy. Powiem coś, albo Abby coś powie, a oni przygasają. To jest całkowite, ogólnoustrojowe przygaśnięcie: policzki, ramiona, nawet głos (z wyjątkiem gałek ocznych, które obracają się ku górze). Wygląda to tak, jakby z trudem udawało im się przetrwać dzień, a kiedy w końcu docierają do domu i słyszą jedno nasze zdanie, czasem zwykłe „Czy nie wiesz, gdzie jest moje frisbee?", następuje katastrofa i rozpadają się na kawałki. Wygaszone miasto. Czasem marzę o tym, żeby dało się odwrócić dzień, żeby spędzali czas w domu przede wszystkim rano, zanim zużyją wszystkie siły. Słowo daję, pod koniec dnia niewiele trzeba, żeby ich podłamać.

Mama westchnęła:

— Zastaw pułapkę.

— Ja? — zapytał tata.

— To ty jesteś mężczyzną. Ty powinieneś być myśliwym. — Zmęczonym krokiem poszła w stronę kuchni. Zatrzymała się. Pokazała na moją torbę z brudnymi rzeczami po treningu:

— Tylko nie to.

— Nie co? — zapytałem.

Nadal pokazywała coś na podłodze.

— Wiesz co. Przez cały zeszły rok zostawiałeś tutaj te pachnidła. W tym roku to się nie zdarzy. Ani razu. Podnieś to i zabierz stąd.

Chyba nie ruszałem się dość szybko.

— Natychmiast!

— Dobrze, już idę. — Szybko podniosłem torbę.

— Dziękuję — powiedziała i wyszła z pokoju, powłócząc nogami.

Poszedłem za tatą do jego gabinetu. To mały pokój na tyłach domu. Tata czasem siedzi tam do północy, pracując bez przerwy.

— Pamiętasz tego chłopaka, Schultza, o którym ci opowiadałem? — zapytałem. — Tego, co mówił, że mi dołoży?

Ojciec wyciągał rzeczy ze swojej walizeczki.

— Dołożył?

Zaśmiałem się szyderczo:

— Pobiliśmy się, jeszcze zanim zaczął się trening. Musieli nas rozdzielać.

— I?

— Dopadłem go na dobre trochę później. Biegaliśmy kilka rund. Dwa razy powaliłem go na ziemię. Byłem naprawdę dobry!

Popatrzył na mnie. Roześmiał się. Wyciągnął rękę i zmierzwił mi włosy:

— Mój Kraksa.

Nie chciało mi się stamtąd wychodzić, ale postanowiłem nie prowokować losu. Wycofałem się.

— Nie mogę się doczekać tego pierwszego meczu — powiedziałem. — Ósmego października.

— Dopadniesz ich i zmiażdżysz — powiedział. — Sadowił się przy biurku.

Wniosłem na górę swoją torbę z rzeczami do futbolu. Nasz górny przedpokój jest inny niż w większości domów. Wygląda jak galeria. Moja mama była kiedyś malarką. Niektóre jej obrazy wiszą na ścianach pomiędzy drzwiami sypialni.

Na jednym z tych obrazów jestem ja. Trudno to zgadnąć, bo kiedy mama go malowała, nie miałem nawet roku. Leżę na brzuchu z założoną pieluchą i patrzę przed siebie z bezzębnym uśmiechem. Pewnie już wtedy się zastanawiałem, co zrobię, kiedy dostanę swój pierwszy kask do futbolu.

To właściwie jest głupi obraz. Nie powinno się go nikomu pokazywać. Każdy, kto go widzi, zaczyna się śmiać. Zazwyczaj w ogóle na niego nie patrzę, ale tym razem spojrzałem. Na szkle, które go pokrywało, jakaś nieznana, tajemnicza ręka tuż nad moim bezzębnym uśmiechem dorysowała kredką wąsy. Pośliniłem palec i starłem kredkę.

18

Starliśmy Hillside East na miazgę, 45 do 13. Zdobyłem sześć przyłożeń.

Pierwsze było najlepsze. To była pierwsza rozgrywka w całym meczu. Brill, rozgrywający, zawołał „Ja, dwadzieścia dwa, prawo". To oznacza, że on podaje do mnie z ręki, a ja szarżuję prawą stroną, co dla mnie jest okey, bo właśnie na prawym skrzydle gra w ataku Mike Deluca. Wychodząc z narady, Mike zderzył się ze mną i powiedział: „No to do dzieła".

Zazwyczaj taka prosta, bezpieczna rozgrywka ma sprawić, żeby drużyna się rozgrzała, może zdobyła kilka jardów. Prawdopodobnie to było wszystko, co Brill miał na myśli. Nie znał mnie ani Mike'a.

Przejąłem podanie, skręciłem w prawo. Trzymałem głowę wysoko, szukając komina — był. Dzięki Mike'owi szarża Hillside była gdzieś w połowie drogi do Chin. Przedarłem się, ale na końcu był obrońca liniowy Hillside. Ktoś powinien był go przechwycić, ale nikt tego nie zrobił. Zaatakowałem wyprostowanym ramieniem. To prawie zawsze działa na początku gry. Gracze nie spodziewają się takiej zagrywki. Niewielu biegaczy ją stosuje, a nawet jeśli, to robią to bardzo rzadko. Uderzyłem go w sam środek osłony na twarz dolną częścią dłoni. Oczy wyszły mu z orbit, a głowa odskoczyła do tyłu.

Przez sekundę miałem czystą drogę. Ale zaraz ktoś złapał mnie za wolną rękę, tę, w której nie miałem piłki. Zacząłem się wyrywać, obracając się z wyciągniętą ręką, próbując strząsnąć kolesia. Okręcił się dookoła mnie, jakbym był karuzelą w wesołym miasteczku. Przy trzecim obrocie odfrunął pomiędzy dwóch kolegów ze swojej drużyny.

Teraz już nic nie dzieliło mnie od linii bramki. Nic oprócz obrońcy. Uwielbiam obrońców. Są zazwyczaj nieduzi, szybcy i zwrotni. Oczekują, że każdy będzie chciał ich wyprzedzić albo przechytrzyć. Przysięgam, tam, na boisku prawie wybuchnąłem śmiechem, kiedy zobaczyłem twarz obrońcy, a on uświadomił sobie, że nie zamierzam skręcić w lewo i nie zamierzam skręcić w prawo — że idę prosto na niego, jakby jego nos był środkiem tarczy. Zrównałem go z ziemią i pokonałem ostatnie czterdzieści jardów, które dzieliły mnie od zdobycia skarbu.

Gracze z mojej własnej drużyny prawie mnie udusili w strefie przyłożeń, tłocząc się wokół i rzucając się na mnie, jakby nigdy wcześniej nie widzieli dobrego przyłożenia. Wynieśli mnie z boiska na ramionach. Jazda była wyboista, ale za to widok wspaniały.

Cheerleading oszalał, nie wyłączając Webba. Właśnie tak: Mała Radosna Niespodzianka postawiła na swoim — została cheerleaderem. Nosi taki sam sweter i buty jak dziewczyny. Dobrze chociaż, że nie włożył spódniczki. To było jedno z najdziwniejszych i najmniej przyjemnych uczuć, jakich kiedykolwiek doświadczyłem: być dopingowanym przez chłopaka. Oczywiście trybuny też oszalały. Szukałem mojego ojca albo chociaż mojej matki, a niech tam! Ale nie widziałem żadnego z nich. No, ale w końcu mecz dopiero się zaczął, może są w drodze. Albo może nie zauważyłem ich w tłumie?

Kiedy poklepywano mnie po ramionach i przybijano piątki, jeszcze raz popatrzyłem na trybuny. Wciąż nie było ich widać. Za to w połowie trybun zobaczyłem kogoś innego: siwowłosego faceta i starszą panią. Oboje byli uśmiechnięci i klaskali w dłonie razem z całą resztą — prehistoryczni rodzice Webba.

Moje drugie przyłożenie to był pięćdziesięciodwujardowy bieg z piłką po poprzecznym podaniu od Brilla. Tym razem nie było przede mną żadnego kandydata do zrównania z ziemią — wszyscy zostali w tyle, w chmurze pyłu.

Stadion znowu oszalał. Tym razem zmusiłem ich, żeby mi pozwolili zejść z boiska na własnych nogach. Rodzice Webba wciąż się uśmiechali i klaskali. Moich nie było. W porządku, pomyślałem, spóźniają się. Daj im trochę czasu, przyjadą. Martw się jedynie o zdobywanie punktów.

I tak właśnie zrobiłem. Albo zdobywałem punkty, albo spore odległości za każdym razem, kiedy dotknąłem piłki. Musiałem. Bo co by było, gdyby przyszli akurat wtedy, kiedy bym się zatrzymał i przestał zdobywać punkty? Nic zniósłbym tego. Więc ponieważ nie wiedziałem dokładnie, kiedy się pojawią, to musiałem być najlepszy w każdej sekundzie. Bez przerwy powtarzałem Brillowi: „Daj mi piłkę".

Piąte przyłożenie zdobyłem tuż przed końcem pierwszej połowy. Ale ich nadal nie było. Pewnie wybierają się na drugą połowę, pomyślałem.

Nie przyszli.

Przyłożenie numer sześć zdarzyło się na samym początku trzeciej ćwiartki. Idąc na linię boczną, wciąż wpatrywałem się w trybuny. Już nie szukałem swoich rodziców, tylko przyglądałem się rodzicom Webba. Wciąż tam byli. Śmiali się szeroko i klaskali bez opamiętania. Chciałem poprowadzić tam szarżę, żeby ich podusić. Chciałem ich złapać za te chude wegetariańskie szyje, potrząsnąć nimi i krzyknąć w ich kwakierskie twarze: przestańcie mnie dopingować! Nie potrzebuję waszych wiwatów! Nie robię tego dla was, więc przestańcie się zachowywać, jak byście byli mi tacy cholernie wdzięczni!

Znowu zaczęliśmy atak, więc popędziłem z powrotem na boisko. Kiedy stałem pochylony podczas narady, poczułem klepnięcie. Odwróciłem się. To był mój zmiennik.

— Wchodzę za ciebie — powiedział.

— Zdaje ci się — odpowiedziałem i popchnąłem go. Zrobił krok w tył i upadł na swój rezerwowy tyłek.

Usłyszałem krzyk trenera Lattnera z linii bocznej. Rozgrywający zawołał do sędziego: „Czas!". Dopiero teraz zauważyłem, że to już nie był Brill, tylko rozgrywający rezerwowy.

Trener wołał do mnie. Machał ręką, żebym zszedł. Kiedy udawałem, że nie widzę ani nie słyszę, zdecydowanym krokiem wszedł na boisko i wyciągnął mnie z grupy zawodników.

— Nie zamierzam wyprowadzać cię siłą — wyszeptał. — Pójdziesz grzecznie obok mnie, jasne?

Spojrzałem na trybuny.

— Nie może pan mnie zdjąć — powiedziałem. — Dopiero się rozgrzewam.

— Jestem tu po to, żeby pokonać Hillside, a nie po to, żeby ich zniszczyć. A ty jesteś jedynym graczem, który jest na boisku od początku. I już masz załatwioną ławkę na całą pierwszą ćwiartkę naszego następnego meczu. — Pochylił się i spojrzał mi prosto w twarz: — Chcesz teraz porozmawiać o drugiej ćwiartce?

Zaczął iść w stronę linii bocznej. Poszedłem z nim. Dzieciaki na trybunach zgotowały mi stojącą owację. Wszyscy krzyczeli z radości. Usłyszałem, jak skandują moje nazwisko: „Coo-gan! Coo-gan!". Krzyczeli wszyscy oprócz jednej cheerleaderki. Oprócz Jane Forbes, która stała za ławką rezerwowych, z rękami na biodrach, patrząc na mnie.

Po meczu Mike musiał jechać prosto do domu, więc wracałem sam, pieszo. Kiedy dotarłem do domu, nie wszedłem do środka. Przeszedłem się dookoła osiedla. Powoli. Dwa razy.

Ktoś coś gotował. Ile razy czuję zapach takiego jedzenia, mam ochotę pójść prosto do tego domu i zjeść razem z tymi ludźmi. Ale nigdy nie mogę zgadnąć, z którego domu to dochodzi. Pewne jest tylko jedno: nie z mojego.

Właśnie dlatego byłem taki zaskoczony, kiedy w końcu otworzyłem drzwi wejściowe: ten zapach dochodził z mojego domu. Nic z tego nie rozumiałem. Samochodu mamy nie było na podjeździe, a Abby nie wolno włączać kuchenki.

Zamykałem drzwi bardzo cicho. Mocno zacisnąłem rękę na torbie treningowej i przeszedłem na palcach przez salon i jadalnię. Na podłodze stała walizka. Coś skwierczało na patelni i pachniało po prostu zabójczo. Ktoś pogwizdywał jakąś melodyjkę. Jakiś człowiek stał odwrócony twarzą do kuchenki. Pewnie mnie usłyszał. Odwrócił się, trzymając w ręku łopatkę do patelni.

Krzyknąłem na całe gardło:

— Skuter!

19

Tak naprawdę to nie mam prapradziadka, chociaż kilka lat temu powiedziałem Webbowi co innego. Nie mam nawet pradziadka. Ale mam za to dziadka i on naprawdę ma na imię Skuter. Był kiedyś kucharzem w Marynarce Stanów Zjednoczonych.

— Co tu robisz? — zapytałem.

Pomachał łopatką:

— A jak ci się zdaje, majtku? Przygotowuję gulasz z ośmiornicy.

Wsadziłem sobie palec do gardła i udałem, że wymiotuję.

— Eeeee! — A potem pobiegłem do niego.

— Hej, majtku — powiedział. — Za mocno ściskasz. Nie jestem jedną z twoich dziewczyn. — Rozejrzał się wokoło. — Gdzie się podziała reszta załogi?

— Mama i tata pracują. Nie wiem, gdzie jest Abby. — Przypomniałem sobie walizkę. — Zostajesz, prawda?

— Tylko pod warunkiem, że jeszcze nie sprzedaliście mojego starego łóżka.

— Na jak długo? — Zazwyczaj zostawał na dzień lub dwa.

— Och — odwrócił się do kuchenki — może już na dobre.

— No, tak. Marzenie ściętej głowy. — Wiedziałem, że żartuje, ale i tak go objąłem od tyłu i przytuliłem się mocno na samą myśl o tym. Ścisnąłem go za ramiona i odwróciłem w moją stronę:

— Skuter, szkoda że mnie dzisiaj nie widziałeś. To był nasz pierwszy mecz. Zdobyłem sześć przyłożeń! Sześć! Mówili, że to jest rekord dla jednego meczu.

Zrobił wielkie oczy:

— Sześć? Dobrze usłyszałem?

— Tak. I odwołali mnie z boiska w trzeciej ćwiartce. Byłem wspaniały!

Uśmiechnął się lekko. Jego oczy, które znów były normalnej wielkości, mocno zwilgotniały. Dwa razy poklepał mnie po policzku.

— Jak dla mnie to nie musiałeś zdobywać tych wszystkich przyłożeń. Wiedziałem to i bez tego.

Otworzyły się drzwi wejściowe. Myślałem, że to Abby, ale nie. To byli moi rodzice. Spojrzałem na zegarek. Było dopiero dwadzieścia po piątej.

Weszli do kuchni, uściskali Skutera i wydali zwyczajowy okrzyk „Eeeee!", kiedy im powiedział, że gotuje gulasz z ośmiornicy. To taki rodzinny żart, który zawsze odgrywamy, kiedy Skuter przyjeżdża i gotuje dla nas. To nigdy nie jest ośmiornica, ale tylko to wiemy na pewno. Przeważnie robi gulasz z tego, co uda mu się znaleźć w kuchni, więc za każdym razem jest to coś innego. Ale zawsze smakuje wspaniale.

Ojciec powiedział:

— Wreszcie będzie można tu dostać coś dobrego do jedzenia.

Mama trzepnęła go pięścią, ale też się śmiała. Ona nienawidzi gotować. A w moich uszach zabrzmiały słowa taty: „będzie można".

— Skuter przyjechał na dwa dni jak zawsze, prawda? — zapytałem.

Zapadła cisza. Wszyscy patrzyli to tu, to tam, a na ich twarzach pojawiały się coraz szersze uśmiechy.

— Nie słuchasz, majtku? Już ci mówiłem.

„...może już na dobre".

Chyba wyglądałem zabawnie, bo patrząc na mnie, po kolei wybuchali śmiechem.

Krzyknąłem na wiwat:

— Hura!

Zadzwonił telefon. Po drugiej stronie Abby powiedziała, że jest u kogoś, ale niedługo będzie w domu.

Skuter powiedział:

— Za późno. Ósme ramię ośmiornicy jest już gotowe. Wszyscy siadają.

Mama złapała się za nos i powiedziała:

— Nikt nie siada, dopóki to stąd nie zniknie.

Pobiegłem na górę ze swoją torbą treningową.

Ósme ramię ośmiornicy nie wyglądało zbyt dobrze, ale wygląd nie miał nic wspólnego ze smakiem.

— To jest przepyszne — powiedziała mama z pełnymi ustami. — Co w tym jest?

— Sekret szefa kuchni — odpowiedział Skuter. Nigdy nie mówi, co ugotował, dopóki tego nie zjemy.

Ale mnie nie obchodziło, co włożył do gulaszu. Patrzyłem na nich wszystkich.

— To znaczy, że Skuter się wprowadza? I już nie wyjedzie? Nigdy? Czy tak?

Tata skinął głową.

— Właśnie tak. Jeżeli tylko zdoła wytrzymać z waszą dwójką.

Mama odwróciła się w stronę Skutera.

— Czekałam, żeby ci to powiedzieć, aż będziesz z nami. Nasza mała Abby jest teraz wegetarianką.

Skuter skrzywił się z obrzydzeniem, a potem się przeżegnał. Nie jest katolikiem, ale żegna się, kiedy czuje niebezpieczeństwo.

— Od kiedy? — zapytał takim tonem, jakby mówił „Kiedy umarła?".

— Od kilku tygodni.

— Czy uważa ryby za mięso?

— Uważa za mięso wszystko, co ma otwór gębowy.

Skuter powoli pokiwał głową:

— W takim razie oznacza to również myszy.

Mama popatrzyła na niego. Skuter uśmiechnął się z zadowoleniem i spojrzał wymownie na jej talerz z gulaszem. Mama roześmiała się szeroko i zaczęła przewracać oczami. Obróciła się na krześle, żeby spojrzeć do kuchni. Pułapka była na swoim miejscu, z małą grudką masła orzechowego jako przynętą.

Skuter przeżuwał gulasz ze smakiem.

— Zawsze uważałem, że trzeba czerpać jak najwięcej pożytku z domowego inwentarza.

Mama pogroziła mu widelcem:

— Nie puściłabym ci tego płazem. O, nie!

Wszyscy się roześmialiśmy.

— Tak czy inaczej — powiedziała mama — trzeba by dzisiaj czegoś więcej niż gulaszu z myszy, żeby zepsuć mi dzień.

— Jak to? — zapytałem.

Wypiła łyk kawy.

— Wiecie o tym, że ma powstać nowe centrum handlowe. Wiecie także, że moja firma będzie zajmować się sprawami nieruchomości dla tego centrum. Ale nie wiecie czegoś, czego ja też nie wiedziałam aż do dzisiejszego popołudnia. Że szczerze wam oddany, najstarszy honorowy gracz w tej drużynie dostanie swoje zadanie do wykonania. Będę się zajmować trzema małymi sklepami.

Uśmiechała się radośnie. Nie mogłem sobie przypomnieć, kiedy wcześniej widziałem ją taką dumną. Wszyscy klasnęliśmy w dłonie. Mama skromnie spuściła głowę.

— Czy to znaczy, że będziemy bogaci? — zapytałem.

Parsknęła lekko, ze śmiechem.

— Na pewno oznacza to tylko tyle, że będę mieć więcej pracy.

Nie spuszczałem z niej oczu. Odwróciła wzrok. Cisza się przeciągała.

— Byłem dzisiaj naprawdę niezły — powiedziałem.

Tata lekko uderzył dłonią w stół:

— Zapomniałem. Twój mecz. Jak było? Kto wygrał? Jak ci poszło?

Nagle poczułem, że nie mam ochoty im opowiadać. Włożyłem do ust trochę gulaszu. Pogryzłem. Wzruszyłem ramionami.

— Zdobyłem sześć przyłożeń.

Kątem oka zobaczyłem, że mojemu ojcu opadła szczęka. Spojrzałem w sufit. Nigdy wcześniej nie zauważyłem, że światło jarzeniówek jest takie białe.

— Szkolny rekord — powiedział Skuter.

— Kraksa, to wspaniale. Jestem z ciebie bardzo dumna — powiedziała mama cichym, łamiącym się głosem.

Wziąłem głęboki oddech. Chciałem odejść od stołu.

Weszła Abby. Krzyknęła z radości na widok Skutera i rzuciła się w jego stronę. Ale uściskanie go nie było łatwe, ponieważ trzymała w rękach kartonowy transparent przymocowany na metrowym kiju.

— Co to jest? — zapytał Skuter, odchylając się do tyłu, żeby nie oberwać kijem.

Abby odwróciła transparent, żebyśmy wszyscy mogli zobaczyć, co było na nim napisane. Napis głosił:

PRECZ Z CENTRUM HANDLOWYM

Na koszulce miała znaczek z takim samym napisem.

Mama odchrząknęła:

— O co tu chodzi?

Abby przemaszerowała z transparentem wokół stołu.

— Będziemy demonstrować przeciwko nowemu centrum handlowemu. Nie chcemy, żeby je zbudowali.

20

Abby i ja pokłóciliśmy się o to, kto zaniesie walizkę Skutera na górę do jego pokoju. Ja wygrałem.

Kiedy Skuter dotarł do naszej przedpokojowej galerii, jak zwykle zatrzymał się przy jednym z obrazów i powiedział:

— No proszę, jaki przystojny młody człowiek. Ciekawe, kto to jest?

Obraz przedstawia młodego marynarza w białej czapce na bakier. Marynarz ma otwarte usta, jakby coś mówił. Gdyby ten obraz nie wisiał w naszym przedpokoju, to nigdy bym nie zgadł, że przedstawia naszego dziadka, bo ten marynarz jest bardzo młody. Mama mówiła nam, że to był pierwszy portret, jaki w ogóle namalowała. Była wtedy jeszcze w średniej szkole.

Skuter postukał w ścianę.

— Porządne grodzie, nie ma co.

Jęknęliśmy, ale właśnie o to mu chodziło. To był marynarski żargon. Grodzie to ściany, drzwi to właz, kuchnia to kambuz, jadalnia to mesa, schody to trap. Odciągnęliśmy go od grodzi do jego pokoju. To właściwie był pokój gościnny, ale kiedy zapaliliśmy światło i weszliśmy do środka, ogarnęło mnie wspaniałe uczucie związane z tym, że Skuter zostanie tam na dobre.

Położyłem jego walizkę na łóżku.

— To chyba już nie jest pokój gościnny — powiedziałem. Popatrzyliśmy na siebie wszyscy troje i zaczęliśmy się śmiać.

Skuter zaczął rozpakowywać walizkę. Abby zapytała:

— Nie będziesz tęsknił za morzem?

Odkąd Skuter przeszedł na emeryturę, wynajmował umeblowane mieszkanie w Cape May w New Jersey. Mówił, że to dlatego, żeby mógł codziennie patrzeć na morze.

Skuter wyciągnął z walizki stertę bokserek w czerwone i niebieskie kotwice.

— Będę — odpowiedział. — Ile razy poczuję, że zaczynam tęsknić, pójdę i naleję wody do wanny.

Abby schwyciła górną parę spodenek ze sterty i zanim Skuter zdążył jej przeszkodzić, wciągnęła je na dżinsy. Obejrzała się w lustrze.

— Och, Skuter, mogę je sobie wziąć? Tylko tę jedną parę, proszę...

Skuter popatrzył na mnie takim wzrokiem, jakby dopiero co zobaczył ostrygę z innej planety. Wzruszyłem ramionami.

— Dziewczyny z piątej klasy.

Abby uklękła przed nim i wzniosła dłonie błagalnym gestem.

— Bardzo ładnie, grzeczniutko proszę...

Skuter tylko mrugał oczami. Nadal do niego nie docierało.

— Zobaczymy, co powie twoja mama.

Abby zapiszczała i zaczęła paradować po pokoju jak na pokazie mody.

— A co z twoją skrzynią skarbów? — zapytałem Skutera.

Jego skrzynia skarbów to kufer wyładowany rzeczami, które przywiózł z całego świata: drewniana maska z Afryki, jedwabne kimono z Japonii... Szperaliśmy w tej skrzyni za każdym razem, kiedy odwiedzaliśmy go w Cape May.

Podniósł w górę klucz:

— Oddałem ją na przechowanie.

— Nie przywieziesz jej tutaj? — zapytałem.

Wyciągnął z walizki nasze szkolne zdjęcia, takie duże, oprawione w ramki.

— To jest najważniejsze wyposażenie — powiedział i postawił je na toaletce.

■■■■■

Trochę później wszyscy troje siedzieliśmy na łóżku Skutera. To jest zwyczaj z czasów, kiedy Abby i ja byliśmy bardzo mali. Wtedy gramoliliśmy się do jego łóżka w pidżamach. Na dworze było ciemno, jedyne światło paliło się w przedpokoju, a Skuter opowiadał nam różne historie. Nie żadne tam dziecinne opowiastki, po których chciało się przytulić misia, tylko sensacyjne, przerażające historie, po których chciało się ze strachu wbijać w misia zęby.

Rodzice wiedzą o wszystkim, więc nie wzywają policji, słysząc, jak ich dzieci krzyczą, jakby je ktoś obdzierał ze skóry. A ja daję słowo, że kiedy mój dziadek opowiada, jak był w dżungli w bezksiężycową noc albo szedł ciemnymi uliczkami starego Hongkongu, albo znalazł się na słonych bagnach, na których roiło się od morskich krokodyli, to ci, którzy słuchają, są tam razem z nim. A on nagle mówi: „Trzeba sprawdzić, co to za gałąź plącze ci się koło nogi". Wtedy człowiek patrzy i widzi, że to nie żadna gałąź, tylko dziesięciometrowa anakonda, która już zdążyła owinąć się trzy razy wokół jego łydki. Wtedy może się człowiekowi zdarzyć, że przełknie ślinę albo krzyknie, a czasem nawet przytuli do siebie młodszą siostrę.

Jeżeli zachowujemy się jak trzeba i trzęsiemy się ze strachu pod kołdrami, Skuter kończy jakąś lżejszą opowieścią, na przykład o pustyni. Czasami opowiada o łowcach stóp z Borneo (zamiast o łowcach głów, wiadomo), jak krążą po wyspie, obcinając ludziom stopy, a potem je preparują i przywiązują do swoich naszyjników. No i zawsze opowiada nam o swoim zwierzątku, Ollie, jednorękiej ośmiornicy. Znalazł Ollie, nurkując pewnego dnia u wybrzeży Grecji. W pierwszej chwili pomyślał, że widzi jakiegoś węża morskiego w ciąży albo węgorza z kilkudniowym zatwardzeniem. Potem uświadomił sobie, że tył tego stwora znajduje się z przeciwnej strony — to była ośmiornica, której siedem ramion odgryzło coś, z czym Skuter miał nadzieję nigdy nie spotkać się osobiście.

Ośmiornica była w opłakanym stanie. Leżała bezwładnie na piaszczystym dnie, próbując otworzyć muszlę przegrzebka. Miała głowę wielkości piłki do softbolu, a jej jedyna macka była długa na jakieś pół metra. Skuter zabrał ośmiornicę na statek i przez wiele lat prawie wszędzie woził ze sobą w wiadrze morskiej wody.

Tym razem opowiedział nam o dniu, kiedy pracował przy imprezie towarzyszącej jakiemuś festynowi, z Ollie jako „Największym Morskim Robakiem na Świecie!". Kiedy skończył, po prostu siedzieliśmy sobie blisko niego, ciesząc się chwilą.

Abby obwieściła:

— Teraz będziemy mogli się tak spotykać co wieczór, już zawsze!

Skuter udał, że mdleje.

— Skuter — powiedziała Abby, ale potem się zawahała. Nad czymś się głęboko zamyśliła. — Skuter?

Oparł się o szczyt łóżka z pogodnym uśmiechem.

— Hmm?

Abby jeszcze się zastanawiała.

Wiedziałem, co się dzieje. Oboje wyrośliśmy w przekonaniu, że łóżko Skutera jest najbezpieczniejszym miejscem na świecie — jak łódź na wodzie pełnej krokodyli. Nazywaliśmy je naszym okrętem. To było takie miejsce, w którym można było mówić głośno o rzeczach, o których gdzie indziej można było tylko myśleć. Pamiętam, że kiedy byłem mały, musiałem koniecznie coś wyznać, powiedzieć komuś, co zrobiłem. Czekałem wtedy przez wiele tygodni, aż przyjedzie Skuter. Złapałem go już na podjeździe i od razu zaciągnąłem na górę do łóżka. Potem szybko wskoczyłem w pidżamę — nie mogłem z tym czekać, aż się ściemni — i opowiedziałem.

Bez względu na to, co Abby chciała powiedzieć, byliśmy prawdopodobnie pierwszymi ludźmi, którzy mieli to usłyszeć.

21

— Skuter — Abby powtórzyła jego imię po raz trzeci. — Nie uważasz, że nasza trawa jest za krótko ścięta?

Skuter tylko na nią patrzył.

— A co to za głupie pytanie? — powiedziałem.

— Skuter — marudziła dalej — nie uważasz, że jest za krótka?

— Jeżeli ty uważasz, że jest za krótka, to jest za krótka.

— A nie byłoby fajnie, gdybyś tak mógł wyjrzeć przez okno na tył domu i zobaczyć królika? Albo nawet szopa?

Skuter przytaknął:

— Byłoby fajnie.

Abby usiadła na piętach, pochyliła się w jego stronę i rozgadała się na dobre.

— Opowiem wam, co zrobiłam. Bo widzisz, dowiedziałam się w szkole, że jest coś takiego, co nazywa się siedliskiem dzikiej zwierzyny. I można to mieć nawet w ogrodzie, jeżeli tylko jest wystarczająco duży. — Podskoczyła na łóżku, aż zaskrzypiały sprężyny. — A nasz jest! Napisałam do Waszyngtonu i dowiedziałam się, co trzeba zrobić. Na przykład, że trzeba mieć wodę i żywność, i schronienie. To znaczy wysoką trawę, chwasty, drewno i tak dalej. I miejsca lęgowe. A kiedy się już wszystko urządzi, trzeba to narysować na planie i przesłać do nich. I jeżeli to będzie odpowiednie, to oni wyślą nam certyfikat, a my będziemy mieli w ogrodzie oficjalnie zatwierdzone siedlisko dzikiej zwierzyny.

Przerwała na chwilę, żeby złapać oddech.

— A wtedy — powiedział Skuter — wprowadzą się tu zwierzęta.

Abby krzyknęła z radości.

— Właśnie tak! Zwierzęta i ptaki. Damy im miejsce do mieszkania. Ocalimy je.

Skuter uśmiechał się szeroko.

— Przed centrami handlowymi?

— Właśnie! — Abby wyciągnęła rękę i pogłaskała mnie po ramieniu. — A mój miły, dobry, wspaniały, kochany starszy brat zbuduje mi miejsce obserwacyjne na czereśni, żebym mogła obserwować życie dzikich zwierząt.

Odsunąłem jej rękę i roześmiałem się głośno.

— Marzenie ściętej głowy.

Skuter pomyślał przez chwilę, a potem pokiwał głową.

— Mnie się to podoba. Ale to nie jest mój ogród.

Co oznaczało, oczywiście, że to jest ogród rodziców. A ja myślałem o moim ojcu, który ścina trawę, potem ją równa, dokasza ręczną kosiarką w trudno dostępnych miejscach i zamawia do opryskiwania ciężarówkę z ChemLawn. Myślałem też o mamie, która kiedyś dostawała szału, ponieważ kopałem w tej trawie dziury i zasypywałem kwiatki.

Nie mówiąc już o moim własnym zdaniu.

— Moim zdaniem ten pomysł jest do chrzanu — powiedziałem. — Nie ma mowy, żebym kiedykolwiek wolał szopa od centrum handlowego.

Abby złożyła dłonie jak do modlitwy.

— Skuter, tato mamy, powiesz im coś? Powiedz im, jaki to jest wspaniały pomysł, dobrze? — Podsunęła mu złożone dłonie pod sam nos. — P r o s z ę.

— Pracuj dalej nad planem — powiedział. — Zobaczymy.

Zapiszczała ze szczęścia i przytuliła się do niego. Popatrzył na zegar ponad jej ramieniem i zrozumiałem, że chce nas wysłać do łóżek. Ale nie chciało mi się jeszcze wychodzić, więc musiałem szybko coś wymyślić. I od razu przyszło mi do głowy pytanie, jakbym miał je na końcu języka przez całe moje życie:

— Dlaczego masz na imię Skuter? — zapytałem.

Miałem nadzieję, że kryje się za tym co najmniej półgodzinna opowieść, ale on powiedział tylko:

— Byłem bardzo szybkim smarkaczem. Pewnego razu ktoś powiedział: „Patrzcie, zasuwa jak skuter", i tak się to stało. — Zapalił lampę. — Dobra, majtki. Czas do łóżek.

Abby pocałowała go na dobranoc, ja uścisnąłem mu rękę. Przy drzwiach odwróciłem się jeszcze:

— Startowałeś kiedyś w Penn Relays?

Zmarszczył brwi:

— A co to jest?

— Nie, nic ważnego. Dobranoc.

— Uważajcie, matrosi, żeby za tymi drzwiami nie spotkało was coś złego.

22

22 PAŹDZIERNIKA

Mój dziadek przyszedł w tym tygodniu na dwa treningi. Ani Webb, ani nikt inny nie może się czymś takim pochwalić. Pozostałe dwa popołudnia spędził po szkole z Abby.

No i oczywiście dzisiaj był na naszym meczu z Donner. Pokonali nas 27 do 19. Pomyślałem sobie, że trener ma, na co zasłużył, sadzając mnie na ławce na pierwszą ćwiartkę. Kiedy tylko wszedłem na boisko, zdobyłem trzy z naszych czterech przyłożeń.

Po każdym pokazywałem palcem Skutera na trybunach i mówiłem do siebie: „Co wy na to, państwo Webb?".

Właściwie byłem trochę zaskoczony tym, że Webb zjawił się dzisiaj, żeby wypełniać swoje obowiązki cheerleadera.

Tego ranka, kiedy szliśmy z Mikiem do naszej sali, natknęliśmy się w korytarzu na cały tłum dzieciaków, które śmiały się i gwizdały. Zaczęliśmy węszyć, co się stało. Chodziło o szafkę i nie trzeba było geniusza, żeby się domyślić, o czyją. Na drzwiach ktoś przykleił taśmą napis: NIU-NIA DO BO-JU!, a z pałąka kłódki zwisał czarny, koronkowy stanik.

Mike zaczął się śmiać:

— Wygląda na to, że cała szkoła zaczyna nas wyręczać.

■■■■■

Tak naprawdę za bardzo mnie to nie obchodziło. Nie myślałem dzisiaj o losie Webba. Nie myślałem także wyłącznie o meczu z Donner. Tym, co mi naprawdę chodziło po głowie, była szkolna potańcówka, na którą wybierałem się wieczorem. Potańcówka i Jane Forbes. Miałem nadzieję, że ona tam będzie. I była.

Chodziliśmy do szkoły już ponad miesiąc, a ona nie powiedziała do mnie nawet dwóch słów pod rząd. Kiedy zadawałem jej jakieś pytanie, kiwała głową i mruczała coś pod nosem albo udawała, że nie słyszy. Kiedy jej machałem i mówiłem cześć na korytarzu, przechodziła, zadzierając nosa. Za każdym razem, gdy się tak zachowywała, wściekałem się coraz bardziej, ale i coraz bardziej mi się podobała. Jakieś szaleństwo czy co?

Poszedłem na tańce z Mikiem, który bez przerwy ze mnie pokpiwał: „Zabujałeś się!".

— Taaa, no pewnie — odpowiadałem. — Jeżeli „zabujać się" znaczy „mieć kogoś w nosie", to mówimy o tym samym.

— Zabujałeś się.

— Gdyby była facetem, to już dawno bym jej przyłożył.

Uśmieszek Mike'a stał się dwa razy bardziej kpiący. Zbliżył twarz do mojej twarzy i powiedział prawie szeptem:

— Ale ona n i e j e s t facetem.

Krążyłem za linią boczną parkietu z Delucą i z Brillem, i paroma innymi futbolistami. Wiedziałem, że dobrze wyglądam. Miałem na sobie nową koszulkę, którą włożyłem po raz pierwszy. Mama zerwała kartkę z ceną, ale widziałem taką samą koszulkę w centrum handlowym. Była warta mniej więcej dziesięć razy tyle, co największa pizza.

Jeżeli już mowa o wyglądzie: och, te dziewczyny. To było zabawne. To znaczy, widzieliśmy je w klasach zaledwie parę godzin temu, ale teraz szkolny bufet był salą balową, a one nie były już koleżankami ze szkoły, tylko autentycznymi dziewczynami. Prawdziwymi kociakami.

Jane Forbes była zupełnie inna. Te wszystkie dziewczyny do tego stopnia nie dorastały jej do pięt, że wydawały się stworzeniami innego gatunku. Przyszła z paroma koleżankami, z którymi zapoznała się po rozpoczęciu roku szkolnego. Była ubrana prawie tak samo jak w szkole, ale to mnie zupełnie nie zaskoczyło. Ona nie jest typem strojnisi. Stała daleko ode mnie i światła były za bardzo przyciemnione, żebym mógł dobrze widzieć jej twarz, ale wiedziałem, że nie była bardzo umalowana. Tylko jej włosy wydawały się trochę inne.

Mike szturchnął mnie w bok:

— Jest tam.

Udawałem, że rozglądam się wkoło.

— Kto?

— A jak ci się zdaje?

Te jego uśmieszki były nie do zniesienia, więc żeby sobie za dużo nie myślał, odwróciłem się, wyciągnąłem rękę i prawie nie patrząc, poklepałem po ramieniu najbliżej stojącą dziewczynę:

— Zatańczysz?

To był błąd.

Patrzyłem w dół, poniżej mojego ramienia. Dziewczyna miała we włosach wielką, białą kokardę. Stała z trzema innymi, niewyrośniętymi małolatami. Wszystkie miały we włosach kokardy.

Chyba była z szóstej klasy, ale miała ciało trzecioklasistki i spojrzenie zamroczonej alkoholem babci. Na tej twarzy było tyle makijażu, że starczyłoby dla dziesięciu klownów. Pewnie malowała się po ciemku, po tym jak matka podrzuciła ją do szkoły. Różowy bohomaz na jednym policzku był tak gruby, że wyglądał jak trzecie oko. A szminkę rozsmarowała na ustach tak nierówno, że wyglądało to, jakby miała cztery wargi.

Jej troje oczu popatrzyło na mnie, jakbym był rzadkim okazem w zoo. Dwie pary warg otworzyły się i powiedziały:

— Co?

Chłopcy za moimi plecami skręcali się ze śmiechu. Ktoś popychał mnie w stronę dziewczyny.

Zaczynałem być wściekły na nich i na tę dziewczynę.

— Nieważne — powiedziałem do niej, ale w tej samej chwili, tylko trochę głośniej, odezwał się Mike:

— On pytał, czy chcesz zatańczyć.

Wyprodukowałem uśmiech, waląc jednocześnie łokciem w tył, w klatkę piersiową mojego najlepszego przyjaciela.

W tym samym czasie przyjaciółki tej dziewczyny popiskiwały i namawiały się. Jedna z nich powiedziała:

— Down, on chce, żebyś z nim zatańczyła.

Druga wyszeptała:

— Idziesz?

Wszyscy patrzyli to na nią, to na mnie. Dwoje oczu Down mrugało w moją stronę. Potem jej usta otworzyły się znowu i wypuściły ze środka drugą sylabę tego wieczoru:

— Nie.

Połowa drużyny futbolowej eksplodowała śmiechem. Zanim zdążyłem cokolwiek powiedzieć, małolaty podreptały w inne miejsce.

Odwróciłem się. Wyciągnąłem przed siebie obie ręce i popchnąłem Mike'a, Mike wpadł na Brilla, Brill wpadł na trzech innych, a potem wszyscy z rykiem polecieli do tyłu na ladę bufetu. Poszedłem prosto przed siebie. Możliwe, że jeszcze chwilę wcześniej nie wiedziałem, co zamierzam zrobić, ale teraz już byłem pewien.

23

Na boisku futbolowym nie omijam ludzi — biegnę prosto na nich. Życie to futbol. Na kilka minut o tym zapomniałem.

Ale potem wróciła mi pamięć. Byłem rekordzistą Gimnazjum Springfield w liczbie przyłożeń zdobytych podczas jednego meczu. Miałem sto siedemdziesiąt jeden i pół centymetra wzrostu, ważyłem siedemdziesiąt kilogramów. Miałem na sobie koszulkę wartą dziesięć razy więcej niż największa pizza. To byłem ja, Kraksa Coogan.

Dosyć tej zabawy w kotka i myszkę. Nigdy więcej nie będę przechodził obok niej, machając rączką i marząc, że się do mnie uśmiechnie. Podszedłem prosto do niej, jakby nie było tam tych jej przyjaciółek, jakby nie było nic oprócz tych jej brązowych oczu, które robiły się coraz większe, całkiem jak oczy jakiegoś samotnego obrońcy, zanim zrównałem go z ziemią.

— Cześć, Jane — powiedziałem. — Jak leci? Pomyślałem sobie, że pewnie przyjdziesz potańczyć. Masz nową fryzurę?

Jedna jej ręka podniosła się, jakby zamierzała dotknąć włosów, ale się zatrzymała. Jej twarz także nie wiedziała, co robić. Kompletnie ją zaskoczyłem. Kraksa był na swoim miejscu. Kraksa rozpoczął atak i bardzo mu się to podobało.

— Właściwie nie — powiedziała w końcu.

— Nie? — zapytałem, rozpędzając się i z uśmiechem roztrącając pozostałych zawodników. — Ale twoje włosy wyglądają inaczej. W każdym razie wyglądają bardzo ładnie.

Była gotowa, żeby powiedzieć dziękuję, ale ja jechałem dalej:

— Pokażę ci coś nowego — powiedziałem i poklepałem się po klatce piersiowej. — Ta koszulka. Jest od Jackmana. Może tego nie wiesz, bo jesteś tu nowa, ale to jest sklep dla mężczyzn. Noszę męskie rozmiary. — Puściłem do niej oko. — Ty chyba nosisz damskie, co?

Jej wielkie, brązowe oczy patrzyły w górę na Faceta Kraksę. Ale zanim zdążyła się uśmiechnąć i potwierdzić, ja jechałem dalej.

— Mam nadzieję, że podoba ci się, jak zbieram te wszystkie przyłożenia? Wiesz co? W następnym meczu pierwsze przyłożenie zdobędę dla ciebie, zgoda?

Wiedziałem, że najpopularniejsi sportowcy w średniej szkole i w college'u zdobywają wszystkie dziewczyny, jakie tylko zechcą, i pomyślałem: „Hej, to prawda!", i chciałem powiedzieć, jak bardzo mi się podoba, że ona się prawie nie maluje, tylko nie wiedziałem, jak to wyrazić, przynajmniej słowami. Za to moja ręka wiedziała, jak to zrobić. Moja ręka wysunęła się w jej stronę, żeby to powiedzieć, żeby dotknąć tej doskonale nieumalowanej twarzy, najpiękniejszej twarzy, jaką kiedykolwiek widziałem...

Ale opuszki moich palców nie dosięgły jej policzka. Odtrąciła moją rękę.

Ten jej gest nie miał sensu, więc go zignorowałem. Uśmiechnąłem się szerzej niż kiedykolwiek, wziąłem ją za rękę i zacząłem ciągnąć na parkiet:

— Chodź, zatańczymy, okay?

Wyrwała swoją dłoń z mojej i po raz drugi w ciągu pięciu minut usłyszałem to samo słowo:

— Nie.

— Co? — zapytałem.

Oparła dłonie na biodrach. Popatrzyła na mnie:

— Tobie się zdaje, że kim ty jesteś, co?

Uśmiechnąłem się szeroko. Nie wiem, czy usłyszałem te słowa na jakimś filmie, czy gdzie indziej, ale brzmiały tak:

— Jestem tym, kogo sobie wymarzyłaś, maleńka.

Kamienna cisza. Nieruchoma twarz. Po raz pierwszy patrzyła prosto na mnie, naprawdę patrzyła. A potem zaczęła się śmiać. Nie chichotać, tylko głośno się śmiać. Jej przyjaciółki też się śmiały. Nie przestawały się śmiać. Jane zasłaniała usta ręką, inna dziewczyna miała łzy w oczach, jeszcze inna zgięła się wpół, zwijając się ze śmiechu.

Wiedziałem, że śmieją się ze mnie, ale jeżeli im się zdawało, że mnie to obchodzi, to mnie nie znały. Kraksa Coogan nigdy — rozumiecie? — nigdy się nie poddaje. Więc też się roześmiałem, wyciągnąłem rękę, jeszcze raz schwyciłem mocno jej dłoń i skierowałem się z powrotem w stronę parkietu.

Tym razem też próbowała się uwolnić, ale nie dawała rady. Była w uścisku żelaznej dłoni. Wtedy mnie kopnęła tuż nad piętą, w ścięgno Achillesa. Noga ugięła się pode mną — puściłem jej rękę.

Odwróciłem się. Czułem, że jeszcze chwila i przestanę być uprzejmy.

— Hej — powiedziałem. — Co ty wyprawiasz? Wiesz, co właśnie zrobiłaś? Kopnęłaś mnie w ścięgno Achillesa. Wiesz, że to jest najgorsza rzecz, jaką można zrobić running backowi? Ktoś, kto ma zerwane ścięgno Achillesa jest wykluczony z gry na rok, minimum. Albo nawet na dwa lata. A potem może już nigdy nie wrócić do formy.

Patrzyłem na nią, czekając, aż to do niej dotrze. Dziewczyny, nawet cheerleaderki, nie mają pojęcia o futbolu. Zupełnie ich nie obchodzi, ile wysiłku trzeba, żeby zostać zawodowcem.

W końcu coś powiedziała:

— Ty! — Jej zesztywniałe ze złości usta rozchyliły się, pokazując zęby.

— Hej, nie rób tak — ostrzegłem ją. — To ci oszpeca buzię.

Jej wargi zesztywniały jeszcze bardziej:

— Jeżeli jeszcze kie-dy-kol-wiek spróbujesz mnie dotknąć, zacznę krzyczeć i wykopią cię ze szkoły.

— Jeżeli jeszcze raz kopniesz mnie w Achillesa, to już nie będziesz mogła krzyczeć — odpowiedziałem.

Wyglądała tak, jakby znowu zamierzała się roześmiać, ale tylko wydała z siebie bardzo niegodne damy prychnięcie i pokiwała głową:

— Jesteś największym dupkiem, jakiego kiedykolwiek w życiu spotkałam.

— Dziękuję — powiedziałem uprzejmie. Ale ona rozwodziła się dalej:

— Zdaje ci się, że jesteś taki wspaniały...

Ukłoniłem się:

— Dziękuję.

— ...ale jesteś tylko żałosny. Za dużo gadasz, tyranizujesz wszystkich wokół siebie, nie troszczysz się o niczyje uczucia. Jesteś po prostu wielkim, tępym, obmierzłym mięśniakiem.

Tak naprawdę to nie obchodziło mnie to, co mówiła. Obchodziło mnie tylko to, że Jane Forbes w końcu stała w miejscu, zwrócona twarzą do mnie, i rozmawiała ze mną. Chyba byłem bliski tego, żeby po raz trzeci złapać ją za rękę, ale wtedy oczom wszystkich ukazał się nikt inny jak tylko Spider Webb.

24

Miał na sobie te same co zawsze szmaty z Ciucholandu. Tylko koszulka była inna. Na koszulce miał napis, który głosił:

NIE
DLA CENTRUM
HANDLOWEGO

Nie do wiary! I jak zwykle nie miał najmniejszego pojęcia, co się działo. Po prostu przypłynął ze swojego własnego, małego świata, cały rozbawiony:

— Pozdrówka, koledzy.

— Cześć, Penn — powiedziała Jane. Oddałbym swoją lewą dziurkę od nosa za uśmiech, który do niego zaadresowała. — Masz to?

Webb podniósł w górę plastikową torebkę:

— Mam.

Wyjął coś ze środka. Koszulkę. Rozwinął ją i pokazał. Miała taki sam napis jak jego koszulka. Jane zapiszczała z radości, złapała koszulkę i od razu naciągnęła na tę, którą miała na sobie. Wygładziła. Webb i jej koleżanki klasnęli w dłonie.

— Kretynizm — powiedziałem. — Naprawdę wam się zdaje, że powstrzymacie budowę centrum handlowego przy pomocy kilku koszulek?

— Nie chodzi o kilka — powiedział Webb. — Będziemy próbowali namówić wszystkich w szkole, żeby takie nosili. Wszystkich w całym mieście.

Wybuchnąłem śmiechem:

— Jesteś bardziej stuknięty, niż mi się zdawało, jeżeli myślisz, że wszystkie dzieciaki włożą coś takiego. Kto to słyszał, żeby wstrzymywać budowę centrum? Każdy, kto nie chce tego centrum, jest... — nie byłem pewien, co znaczy to słowo, ale Jane powiedziała tak o mnie, więc wydawało się dobre — ...jest obmierzły.

— Wiesz, co? Dołączył do nas ktoś z twojej rodziny. Abby ma taką koszulkę.

Pchnąłem go, stukając palcem wskazującym w kościstą, zapadniętą klatkę. Stukałem tak długo, aż oparł się o ścianę.

— Nie mieszaj do tego mojej rodziny. Jeżeli dorwę cię z tym majdanem w pobliżu mojego domu, to dobiorę ci się do skóry. I trzymaj się z daleka od mojej siostry, kapujesz? Jest mała, więc nie wie, co robi. — Pchnąłem go po raz ostatni. — Zrozumiano?

Trzymałem go przygwożdżonego do ściany jednym placem. Za plecami słyszałem, że zbierają się wokół nas dzieciaki. Szeptane słowo „bójka" mieszało się z muzyką. Czekałem na odpowiedź Webba, kiedy Jane złapała mnie za palec i odciągnęła moją rękę. Gdyby to zrobił ktokolwiek inny, toby ode mnie oberwał.

— Zatańczysz, Penn? — powiedziała. Wzięła go za rękę i pociągnęła przez tłum w stronę parkietu.

Zjawił się Mike. Staliśmy tam, patrząc, jak oni tańczą. Kiedy piosenka się skończyła, powiedziałem:

— Chodź, spadajmy z tego śmietnika.

Kiedy wychodziliśmy, specjalnie przeszedłem obok Webba i Jane schodzących z parkietu. Szybko zrobiłem mały krok w lewo, podstawiłem nogę i pchnąłem go ramieniem. Pofrunął, a potem poleciał na tyłek i przejechał po podłodze jakieś trzy metry.

— Och — powiedziałem, jakby naprawdę było mi przykro. — Przepraszam.

I już byliśmy za drzwiami.

25

5 LISTOPADA

Nie mogę się powstrzymać od śmiechu. Wciąż przypominam sobie Webba, jak jechał na tyłku po podłodze, i wyraz twarzy Jane Forbes, jakiego nie powstydziłby się niejeden guziec. Słowo daję, było to warte każdej minuty z trzydniowego zawieszenia, które za to dostałem, i całotygodniowego utyskiwania moich rodziców, którego musiałem wysłuchiwać, kiedy dostali list od wicedyrektora szkoły. Co tam! Ze Skuterem przy boku prawie tego nie zauważyłem.

Jestem taki popularny, że chyba mógłbym wystartować w wyborach na przewodniczącego samorządu. Dostałbym głos od każdego, kto się cieszył, widząc minę Niuni-Cheerleadera pogrążonego przez prawdziwego mężczyznę. Jeszcze ciągle boli mnie ręka od tych wszystkich piątek, które musiałem przybić w poniedziałek po tańcach.

A potem zrobiło się jeszcze ciekawiej.

No bo kogo wyrzucono z cheerleadingu?

Wszystko przez to zamieszanie z centrum handlowym. Najpierw Webb i Forbes przestali przychodzić na spotkania i treningi. Potem zaczęli opuszczać mecze, na przykład hokeja na trawie i piłki nożnej.

Co robili zamiast tego? Spędzali cały wolny czas, sprzedając te głupie koszulki oraz obnosząc wszędzie te swoje znaczki i babrając się w błocie przy Route 31, gdzie ma powstać centrum.

Trener od cheerleadingu ostrzegł ich: „Co za dużo, to niezdrowo. Albo chcecie być cheerleaderami, albo bojownikami za sprawę, to zależy od was. Ale jeżeli chcecie być cheerleaderami, to nie opuszczajcie już żadnego meczu. A zwłaszcza żadnego meczu futbolowego".

A wczoraj graliśmy z Upper Milford. Przez cały dzień była zgniła pogoda. Nie chciało przestać padać. Cały czas słyszałem krople deszczu: brzmią, jakby uderzały w dach, z tym tylko, że uderzają człowiekowi w kask (który właściwie jest jak dach nad głową, no nie?). W każdym razie cheerleading zjawił się w komplecie, łącznie z dwójką wojujących z centrum. Właściwie było więcej cheerleaderów niż kibiców. Na trybunach siedziały dokładnie cztery osoby. Jedną z nich był oczywiście Skuter. Tego doświadczonego majtka nie mogła odstraszyć odrobina wody. Oprócz niego siedział trener cheerleaderów i jeszcze jakaś para. Ale o dziwo nie byli to rodzice Webba. To powinno było mi dać do myślenia.

Cheerleading miał na sobie krótkie płaszczyki z kapturami z przezroczystego plastiku. Webb wyglądał w swoim po prostu czarująco.

Jestem pewien, że wszyscy (oprócz Skutera) marzyli o tym, żeby mecz odwołano. Ale futbol nie jest dla maminsynków. Futboliści nie mogą zwracać uwagi na takie bzdury jak pogoda.

Trzeba jednak przyznać, że trudno było dobrze grać. Ślizgaliśmy się i jeździliśmy po błocie na całym boisku. O podaniach można było zapomnieć. Upuszczonych piłek co niemiara. Nawet ja jedną upuściłem. Pierwsza połowa zakończyła się bez punktów. Kiedy wyszliśmy na drugą połowę, było o dwóch cheerleaderów mniej. Poszli sobie Webb i Forbes.

Później, w czwartej ćwiartce zaczynaliśmy trzecią próbę z dziesięcioma jardami do przejścia, na naszej własnej linii jedenastojardowej, więc zrobiliśmy podwójny rewers, po którym przebiegłem z piłką przez całe boisko, 89 jardów. I taki był wynik gry: sześć do zera. Ale po meczu nikt nie mówił o mnie. Wszyscy mówili o Webbie i Forbes i o tym, jak trener wylał ich z miejsca za opuszczenie boiska w połowie meczu.

Dalej jest jeszcze ciekawiej.

26

Oni tymczasem udali się na Route 31, plac budowy centrum, który teraz jest po prostu wielkim, zachwaszczonym polem. Ktoś dowiedział się, że nadjeżdżają buldożery, więc dwójka naszych niesfornych cheerleaderów została tylko na połowie meczu, a potem zwiała.

Wtedy wiedziałem tylko tyle. Skuter czekał na mnie na zewnątrz z dwoma parasolami. Poszliśmy do domu.

Przewijamy film do przodu i dochodzi szósta. Skuter i ja jemy. Wpada Abby i gna prosto do pokoju, wrzeszcząc:

— Telewizor!

Kiedy tam weszliśmy, telewizor już był włączony, a ona naciskała klawisze, mrucząc „kanał dziesiąty... kanał dziesiąty...". Zrobiła głośniej. Usiadła po turecku z twarzą o cal od ekranu. Dyszała jak zgoniony pies. Była kompletnie przemoczona i cała umazana błotem.

Skuter wziął koc i kilka gazet i kazał jej na tym usiąść. Zdjął jej buty i skarpetki.

— Jesteś mokra jak szczur okrętowy — powiedział. A ona nie przestawała mruczeć pod nosem „Patrzcie... patrzcie...".

Zobaczyliśmy po pierwszej reklamie. Pokazywali Route 31, plac budowy centrum. Pokazywali buldożery zjeżdżające po zboczu na platformach ciężarówek. A potem pokazali całe to wariatkowo: Webba i Forbes, paru innych uczniów, paru dorosłych oraz naszą Zmokłą Kurę („Jestem tam! Jestem tam!") we własnej osobie.

Wszyscy razem stali przy wjeździe na zarośniętą trawą łąkę, machając transparentami i skandując: „Nie dla centrum! Nie dla centrum!".

Ciężarówka się zatrzymała. Zablokowała ruch, więc przyjechali policjanci. Pani z telewizji przysunęła mikrofon do twarzy jakiegoś siwowłosego maniaka. To był ojciec Webba, który powiedział:

— Jak możemy potępiać innych za to, że wypalają tropikalne lasy deszczowe, skoro sami pokrywamy ziemię asfaltem?

Następnie — „Jestem tam! To ja! To ja! Słuchajcie! Ciii!" — mikrofon powędrował ku twarzy naszej drogiej Abby, a ona powiedziała:

— Nie potrzebujemy już więcej sklepów. Powinniśmy lepiej wykorzystywać to, co już mamy. Moja mama kupuje dla mnie ubrania w Ciucholandzie!

Potem kamera pokazała jeszcze, jak ciężarówki zaparkowane wzdłuż drogi wyruszają do domu, a potem były już inne migawki, z pożaru w centrum miasta.

Abby podskoczyła w górę:

— Zatrzymaliśmy ich! Wygraliśmy! Widzieliście mnie? — Zrobiła gwiazdę, opuszczając w ten sposób pokój. — To byłam ja! — Otworzyła na oścież frontowe drzwi i krzyknęła całemu światu: — Jestem w telewizji! Jestem gwiazdą!

Spojrzałem na Skutera:

— Czy ona nie jest przypadkiem za bardzo podekscytowana?

To było wczoraj, w piątek. Cała historia dotarła do mamy dopiero dzisiaj. Dzisiaj przed południem mama wpadła do domu jak burza i zapędziła Abby na górę. Poszedłem do swojego pokoju i nie zamknąłem drzwi.

Drzwi do Abby były zamknięte, ale i tak słyszałem całkiem dobrze. Rozmowa szła mniej więcej tak:

MAMA: Nie możesz chodzić po ludziach i namawiać ich, żeby zatrzymywali buldożery.

ABBY: Dlaczego nie?

MAMA: Nieważne, dlaczego. Masz dziesięć lat. To jest wystarczający powód.

ABBY: Mam dziesięć lat i dziewięć miesięcy.

MAMA: Nie wymądrzaj się.

ABBY: Czy ty nie chcesz ocalić ziemi?

MAMA: Chcę, żeby moje dzieci miały dobry dom. Tego chcę.

ABBY: A ja chcę, żeby moje dzieci miały dobry świat.

Na chwilę zapadła cisza. To chyba oznaczało jeden zero dla córki. Mama pewnie aż kipiała ze złości, ponieważ po chwili:

ABBY: Wściekasz się, bo ja jestem przeciwko temu centrum handlowemu, a ty dla nich pracujesz.

MAMA: Ja przede wszystkim tracę cierpliwość.

ABBY: To mnie masz dosyć.

MAMA: Ja...

ABBY: Niedługo zdejmiesz ze ściany mój obraz, a potem go spalisz. Zniszczysz nawet moją kartotekę u dentysty, żeby nie został po mnie żaden ślad.

Znowu cisza. Tym razem mama prawdopodobnie zagryzała wargi, próbując się nie śmiać. W końcu zaczęła mówić, najpierw wolno, dopiero po chwili szybciej.

MAMA: Prowadzisz kampanię przeciwko własnej matce, która próbuje ci stworzyć dobre warunki do życia. Nie chcesz jeść mięsa. Dowiedzieliśmy się, że zamierzasz zmienić nasze podwórko w dżunglę. A jakby tego jeszcze było mało, obwieszczasz w telewizji całemu światu, że kupuję ci ubrania w Ciucholandzie.

ABBY: To przecież prawda.

MAMA: Nie, kochanie, to nie jest prawda. Przynajmniej nie do końca.

ABBY: Jak to?

MAMA: A tak to. Twój tata i ja pracujemy tak ciężko i po tyle godzin między innymi po to, żebyś ty nie musiała nosić ubrań z Ciucholandu. Ale czasem, żeby spełnić twoją zachciankę, rzeczywiście pozwalam ci wybrać sobie parę rzeczy w Ciucholandzie. A ponieważ jesteś taka uparta, to czasami tylko po to, żeby skłonić cię do włożenia czegoś bardziej przyzwoitego, po prostu mówię ci, że tam to kupiłam.

Cisza. Potem płaczliwy głos.

ABBY: Kła-ma-łaś! Czy to jest z Ciucholandu?

MAMA: To jest nowe.

ABBY: No to ja tego nie chcę... Proszę... I zdaje mi się, że co do tego to też okłamałaś swoje dziecko, tak?... No to proszę... I jeszcze to!... I to!... I to!

Drzwi się otworzyły i Abby wybiegła, tupiąc nogami o podłogę przedpokoju. Mama zawołała:

— Co ty masz na sobie? — Ale moja siostra pobiegła do pokoju Skutera i zatrzasnęła za sobą drzwi.

Słowo daję! Jeżeli ktoś nigdy w życiu nie widział, jak dziewczyna z piątej klasy biegnie przez przedpokój, ubrana wyłącznie w bokserki w czerwone i niebieskie kotwice, to może mu się jeszcze zdarzyć ta niewątpliwa frajda. Przysięgam, że jeżeli natychmiast nie przestanę się śmiać, to umrę.

27

20 LISTOPADA

Udało się!

Wczoraj był nasz ostatni mecz sezonu. Graliśmy z Bayboro. Brakowało mi jednego przyłożenia, żeby pobić rekord przyłożeń zdobytych w jednym sezonie. Zdobyłem trzy. Skuter ma je wszystkie na taśmie wideo. Przed meczem pokazałem mu, jak się obsługuje kamerę. Forbes Świński Ryjek nie przyszła. Nie była na żadnym meczu, odkąd wyrzucono ją z cheerleadingu. Pewnie się boi, że jak przyjdzie, to będzie musiała przyznać, jaki naprawdę jestem dobry.

Było za to Późne Dziecko. Siedział na trybunach razem ze swoimi prehistorycznymi rodzicami i wrzeszczał, jakby nadal było cheerleaderem. Ale jedna rzecz naprawdę mi się nie podobała. Wszyscy oni siedzieli tuż obok Skutera. Właściwie wyglądało to tak, jakby bez przerwy o czymś rozmawiali.

Po meczu Skuter powiedział:

— Ci Webbowie to całkiem mili ludzie.

— To zwykłe rybne kotlety — powiedziałem i na tym się skończyło.

Dzisiaj byłem w wielkim nagłówku kolumny sportowej: COOGAN ZRÓWNAŁ Z ZIEMIĄ SZKOLNY REKORD PRZYŁOŻEŃ. Artykuł zaczynał się tak: „John Coogan przez cały sezon utwierdzał nas w przekonaniu, że słusznie nosi swój przydomek. Wczorajszy dzień nie był żadnym wyjątkiem. Chłopak nazywany Kraksą dzięki swojej szybkości i doskonałym unikom, ale przede wszystkim dzięki sile przebicia przetarł sobie drogę do trzech przyłożeń podczas starcia Gimnazjum Springfield z Bayboro, 26 do 7".

„Po pięknym 47-jardowym biegu Coogan, zdobywając po raz trzeci punkty dla swojej drużyny, zdobył jednocześnie swoje dwudzieste trzecie w tym roku przyłożenie i pobił dotychczasowy rekord dwudziestu przyłożeń ustanowiony w roku 1985".

Artykuł kończył się słowami: „Chyba najbardziej niezwykłe w tym wszystkim jest to, że Coogan jest dopiero uczniem siódmej klasy, co oznacza, że w przyszłym roku znowu zobaczymy go na boisku".

„Kibice Springfield czekają z niecierpliwością".

Mike zadzwonił do mnie i zapytał, czy widziałem artykuł. Powiedziałem, że nie, bo chciałem, żeby mi go przeczytał przez telefon.

28

28 LISTOPADA

Skuter ugotował obiad w Święto Dziękczynienia. Skuter zawsze gotuje obiad w Święto Dziękczynienia. Któregoś roku przyjechał aż z San Francisco, żeby to zrobić. Oczywiście najlepsze ze wszystkiego jest to, że teraz zamiast wracać do San Francisco albo do Cape May, albo gdziekolwiek indziej, idzie tylko na górę do swojego pokoju.

Pamiętam, że kiedy moja siostra i ja byliśmy mali, mówił nam, że w sklepie skończyły się indyki, więc w tym roku będziemy jeść dziękczynnego myszołowa. Abby mu wierzyła i nie przestawała marudzić, dopóki nie powiedział jej prawdy.

W tym roku oświadczył jej, że indyk jest sztuczny, zrobiony z soi. Nie uwierzyła mu i nie jadła indyka.

Szczerze mówiąc, Skuter robi tyle dobrych rzeczy, że można by wyrzucać te indyki i wcale nie byłoby żal. Pataty w cukrze, cebulki w śmietanie, sałatka żurawinowo-orzechowa, pudding kukurydziany, sos pieczeniowy, pieczywo serowe i oprócz tego nie jedno, tylko dwa rodzaje nadzienia. Pierwszy rodzaj to zwykłe nadzienie, które idzie do środka, do indyka. Drugi rodzaj to nadzienie z ostrygami. I to jest chyba najsmaczniejsza rzecz na świecie. Jemy je tylko Abby i ja. A właściwie pochłaniamy, jeszcze mamy na talerzach, ale już prosimy o dokładkę, i jeszcze jedną, aż wszystko zniknie. Dopiero potem zabieramy się za resztę jedzenia.

Wydawało mi się, że w tym roku będzie trochę inaczej. Kiedy zobaczyłem, jak Wielka Bojowniczka i Wegetarianka zanurza widelec w nadzieniu z ostryg, powiedziałem:

— Jesz mięso.

Wpatrzyła się w talerz.

— To nie jest mięso.

— Ostrygi nie są warzywami — powiedziałem. — Ani owocami.

Ręka z widelcem opadła na stół. Na twarzy Abby było widać prawdziwy ból. Miała przed sobą największe w swoim życiu poświęcenie. Potem nagle twarz jej się rozjaśniła.

— Ha! — powiedziała i wepchnęła sobie do buzi na widelcu wielką porcję nadzienia. — Ostrygi nie mają otworów gębowych.

Zazwyczaj tego dnia przychodzi do nas rodzina. Tym razem byli to wujek Herm, ciocia Sandy i Bridget.

Odkąd tylko weszli, wujek Herm nie dawał spokoju Abby i mnie.

— O, tutaj są! — Klasnął w ręce, a Bridget zaczęła się rozglądać wokoło, szukając jakiejś dziury, do której mogłaby się wczołgać. — Pan Przyłożenie i Pani Centrum Handlowe. Dotknął każdego z nas czubkiem palca. — Czy wolno mi państwa dotknąć?

— Jak mnie dotkniesz, to będziesz miał pecha — powiedziała Abby.

Miała na myśli to, że budowa centrum posuwa się naprzód. Buldożery wjechały na miejsce następnego dnia i teraz pole wygląda, jakby jakiś farmer przygotował je do sadzenia.

Wujek Herm pogłaskał ją po głowie.

— Hej, nie ma się co martwić. Kogo to w końcu obchodzi? Najważniejsze, że byłaś w telewizji. Pewnie już lada dzień zaczną do ciebie dzwonić z jakiegoś *talk show*.

Nikt się nie zdziwił, kiedy podczas obiadu wujek przypomniał pewne święta Bożego Narodzenia sprzed wielu lat. Machał przy tym pałką indyka:

— Mówię wam, kiedy patrzyłem, jak ten chłopak szarżował na Bridget, wiedziałem, że któregoś dnia będzie obrońcą.

Bridget jęknęła:

— Tato!

Bridget jest teraz w siódmej klasie, tak samo jak ja.

Wujek pokazał udkiem w moją stronę:

— Przypominam ci, że to właśnie ja nazwałem cię Kraksa. Wspomnij o tym, kiedy będziesz udzielać wywiadu dla „Monday Night Football".

— Tak, wujku — powiedziałem.

Spojrzałem przez stół na Bridget. Była taka sama jak wszystkie dziewczyny z siódmej klasy. Nie mogłem sobie przypomnieć ani nawet wyobrazić, jak wpadam na nią w moim nowym kasku do futbolu. Ona też spojrzała na mnie. Nic nie powiedziała. Nawet nie drgnęła. Tylko nabiła na widelec kawałek białego mięsa, włożyła go sobie do ust i zaczęła gryźć.

Chodzi o to, że gdyby wujek Herm nie opowiadał za każdym razem historii o tym, skąd się wzięła moja ksywka, to można by pomyśleć, że to wszystko się nie zdarzyło. A jednak zdarzyło się naprawdę.

I tego dnia w pewnym sensie zdarzyło się znowu.

29

Obiad się skończył. Wujek Herm chciał pograć w piłkę. Był ładny dzień, więc wszyscy wyszliśmy do ogrodu.

W rogu ogrodu było coś nowego: sterta drewna. Tata popatrzył na mnie:

— Co to jest?

— Zapytaj o to kogoś innego — odpowiedziałem.

Nie było to drewno na punkt obserwacyjny, o który zadręczała mnie Abby. To były rozrzucone bezładnie popękane kłody i gałęzie.

Tata nastawił ostrość na Abby:

— Czy to ma coś wspólnego z tym szalonym pomysłem przerobienia mojego trawnika na dżunglę?

— To nie ma być dżungla — powiedziała szybko Abby — tylko siedlisko dzikiej zwierzyny. I to nie jest tylko twój ogród. To jest także mój ogród. Ja też tu mieszkam.

— Masz całkowitą rację — odpowiedział gniewnie tata. — I właśnie dlatego ja pracuję siedemdziesiąt godzin w tygodniu, żebyś ty mogła mieć odpowiedni dom. Ty, a nie jakiś szkodnik, którego właśnie to — wskazał na stertę drewna — tutaj przyciągnie.

— Co to jest szkodnik? — zapytała Abby.

— Szczury są szkodnikami.

— To nie przyciągnie szczurów — powiedziała Abby. — To jest dla myszy.

— Myszy to małe szczury. — Tata pokazał kciukiem za siebie. — To drewno ma stąd zniknąć.

Abby zakipiała jak zapomniany rondel na kuchence.

W pierwszej drużynie byliśmy ja, tata i Bridget — przeciwko Skuterowi, Abby i wujkowi Hermowi. Graliśmy z dwuręcznym eliminowaniem, no i z dziewczynami, i tak dalej, więc trudno byłoby to nazwać meczem. Zdobywałem punkty nawet wtedy, kiedy wcale nie chciałem. Ponieważ gra bardziej przypominała berka, wykorzystywałem raczej swoją szybkość niż siłę. Przeważnie tata był rozgrywającym, a ja i Bridget biegaliśmy z podaniami.

W drugiej drużynie najczęściej podawał wujek Herm. Abby i Skuter odbierali podania. Zawsze kiedy Skuter dostawał piłkę, próbowałem go sobie wyobrazić jako szybkiego, małego dzieciaka biegającego po ulicy, ale nie potrafiłem.

Ni stąd, ni zowąd tamci zaczęli mylącą zagrywkę. Wujek Herm podał do Abby, a Abby na chwilę przedtem, zanim dostała się w zwarcie, podała w bok do Skutera. To zmyliło mnie na tyle, że Skuter dostał fory w biegu. Pognałem za nim. Skuter trzymał piłkę tak wysoko, że miał ją prawie pod pachą. I naprawdę zasuwał. Jakby nagle rzeczywiście stał się tamtym małym dzieciakiem, prującym boczną ulicą, przy której jakaś kobieta wieszająca pranie krzyknęła: „Patrzcie, zasuwa jak skuter!".

Tylko że to działo się naprawdę. Abby za moimi plecami skandowała „Sku-ter! Sku-ter!", a linia bramki oznaczona kosiarką do chwastów zbliżała się szybko. Wyciągnąłem rękę, ale nie mogłem go dotknąć, więc zanurkowałem, poleciałem w powietrzu, przyblokowałem go za kolana i sprowadziłem na ziemię — upadł jak kłoda — o kilka cali od ręcznej kosiarki.

Piłka odskoczyła swobodnie, kołysała się w strefie przyłożeń. Skoczyłem na nią, wstałem, zobaczyłem, że nikt mnie nie kryje i wystartowałem. Przebiegłem z maleństwem od linii do linii. Abby krzyczała, ale nikt nie tknął mnie nawet palcem. Wrzuciłem ostro piłkę do strefy przyłożeń i wykonałem mój taniec na cześć przyłożenia, którego nigdy nie było mi wolno wykonywać w szkole.

Abby była po przeciwnej stronie. Klęczała pochylona nad Skuterem, który siedział na trawie z nogami rozłożonymi płasko i szeroko, jak ramiona trójkąta. Tata szedł w moją stronę, patrząc mi w twarz i mrucząc coś przez zaciśnięte zęby. To był ten rodzaj pomrukiwania, który wydawał z siebie na podwórku, kiedy nie chciał, żeby usłyszeli go sąsiedzi.

— Co ty wyprawiasz? Co ty... co ty sobie wyobrażasz?

A ja tylko zacząłem iść na drugi koniec boiska. Przy jednym boku Skutera była Abby, przy drugim wujek Herm. Postawili go na nogi. Bridget wyciągnęła rękę i zdjęła mu z czoła źdźbło trawy. Kość policzkowa Skutera była czerwona, jakby ta, podobna do klowna smarkula ze szkolnej potańcówki pacnęła go swoim różem.

Abby krzyczała na mnie, ale Skuter tylko patrzył. Wysunął ręce z ich objęć, uśmiechnął się i lekko skinął głową. Wtedy nagle dotarł do mnie jeszcze jeden rozzłoszczony głos, którego nie rozpoznałem.

— Dość tego! Dość! Powiedziałam nigdy więcej!

Wszyscy się odwróciliśmy. To krzyczała moja mama przy tylnym wyjściu. Jej głos brzmiał tak dziwnie, ponieważ zatykała sobie nos ręką. W drugiej ręce, wyciągniętej tak daleko, jak tylko była w stanie, trzymała moją torbę z brudnymi rzeczami z treningu.

30

Chyba zapomniałem opróżnić torbę. Nie mogłem sobie nawet przypomnieć, gdzie ją zostawiłem, ale najwyraźniej mama się o nią potknęła. Prawie można było zobaczyć wydobywające się ze środka śmierdzące opary.

Chciałem wziąć torbę, ale mama miała inny pomysł. Puściła nos, wstrzymała oddech i odwróciła torbę do góry dnem. Na schody zaczęły wypadać skarpety, koszulki, ochraniacze, ręczniki, opakowania po słodyczach, okruchy pizzy, paczka Cheerios, mysz... M y s z?

— Mysz! — krzyknęła radośnie Abby.

Rzeczywiście, to była mysz. Wylądowała na skarpecie, przetruchtała po koszulce, potem w dół po schodach i na trawę.

Abby ruszyła za myszą, a ja w przeciwną stronę.

— Tutaj, myszko! — wołała Abby. — Myszko! Myszko!

Na początku myślałem, że Abby próbuje ją złapać, ale zaraz uświadomiłem sobie, że zapędza ją w stronę sterty drewna. Nie widziałem jej w trawie. Wyglądało to tak, jakby moja siostra próbowała schwytać ducha.

W końcu zatrzymała się przed stertą drewna:

— Chyba już tu jest — wyszeptała. Pogłaskała ręką drewno. — Czuj się jak w domu, myszko.

— To drewno ma stąd zniknąć — powiedział tata.

Abby ustawiła się przed stertą drewna z założonymi rękami — po jej trupie!

▪▪▪▪▪

Przez całą resztę dnia byłem roztrzęsiony.

Kiedy sprzątałem ze schodów za domem, natknąłem się na jakiś kłąb przedmiotów: skrawki papieru, materiału, nici, kurz, chusteczki higieniczne — wszystko zwinięte razem. To było gniazdo myszy. Gryzoń mieszkał w moim worku z praniem, pewnie od samego początku sezonu futbolowego. Kradł chipsy.

Codziennie nosiłem tę torbę do szkoły, tam i z powrotem. Myślałem o wszystkich chwilach, kiedy wkładałem rękę do środka, żeby coś stamtąd wyjąć. Przez dwa miesiące tylko parę centymetrów dzieliło mnie od gryzonia. Jedliśmy te same płatki śniadaniowe, spaliśmy w tym samym pokoju.

Usłyszałem jakiś hałas na zewnątrz. Wyjrzałem przez okno. Abby łamała gałęzie i wkładała je do taczki. Sterta robiła się coraz mniejsza.

Tata wygrał.

Tego wieczoru, kiedy sprawa z myszą trochę przycichła, wróciłem myślami na boisko futbolowe, do Skutera i tamtego blokowania.

Dlaczego to zrobiłem?

Po prostu byłem sobą, to wszystko. Człowiekiem Kraksą.

Właściwie to przez cały tydzień byłem trochę zły na Skutera. To była jego wina, że nacisnął zły guzik w kamerze wideo i żaden z filmów nie wyszedł i nie było żadnego nagrania z dnia, w którym pobiłem szkolny rekord przyłożeń zdobytych w jednym sezonie.

Rzeczywiście, miałem do niego trochę żalu. Kto by nie miał? Ale przecież nie dlatego go zablokowałem.

Wieczorem usłyszałem, że Skuter w swoim pokoju opowiada historie, a Abby się śmieje. Zawołali mnie, ale powiedziałem, że jestem zajęty.

Było już naprawdę późno, po północy, kiedy wstałem z łóżka i wyszedłem na korytarz. W domu panowała cisza. Drzwi wszystkich sypialni były zamknięte.

Przekręciłem klamkę tak cicho, jak tylko się dało, i otworzyłem drzwi do jego pokoju. Smuga światła z korytarza przesunęła się po pościeli, jakby nadchodził jakiś mały wschód słońca. Kiedy sięgnęła poduszki, prawie krzyknąłem — to nie był on! To była moja siostra.

Zamknąłem drzwi. Poszedłem korytarzem w przeciwną stronę. Wydawało mi się, że obrazy wiszące na ścianach patrzą na mnie. Otworzyłem drzwi do pokoju siostry. Był tam. Pewnie Abby zasnęła w jego łóżku, więc po prostu się z nią zamienił.

Stałem w drzwiach, patrząc na niego. Spał na plecach. Miał na sobie podkoszulek. I był stary. Nigdy przedtem tego nie zauważyłem: ani w kuchni, ani na żadnym meczu, ani wtedy, kiedy gdzieś nas zabierał. Ale teraz, kiedy spał w łóżku mojej dziesięcioletniej siostry, na jej prześcieradle z Sylvestrem i poduszce z Tweety, był prawie tak samo stary, jak każdy inny stary człowiek, jakiego kiedykolwiek widziałem.

Nie podobało mi się to. Zamknąłem drzwi i wróciłem do łóżka. Już od dawna nie używałem swojej nocnej lampki, ale teraz ją włączyłem. Długo nie mogłem zasnąć. Chciałem, żeby oni wrócili do swoich własnych pokoi.

▪▪▪▪▪

Kiedy następnego dnia wyjrzałem na podwórko, sterty drewna już nie było. Na jej miejscu stał teraz stary domek dla lalek Abby.

31

19 GRUDNIA

Skuter jest w szpitalu.

32

23 GRUDNIA

To zdarzyło się w ostatnią sobotę.

Tego ranka obudziło mnie stukanie młotka. Ktoś stukał na zewnątrz, ale dość blisko, więc się wychyliłem z łóżka w stronę okna, odsłoniłem zasłony i wyjrzałem. Skuter siedział na czereśni i wbijał gwoździe w deski. Pomyślałem, że robi stanowisko obserwacyjne, którym zawracała mi głowę Abby.

Położyłem się z powrotem. Zasnąłem.

Kiedy znowu otworzyłem oczy, miałem to dziwne uczucie, że nie obudziłem się tak po prostu, tylko coś mnie obudziło. Spojrzałem na drzwi. Były zamknięte. Nie było nikogo w moim pokoju. Wszędzie było cicho. Cicho...

Nie było słychać młotka.

Skoczyłem do okna. Skuter siedział na ziemi, oparty plecami o pień, i moją pierwszą myślą było: „Dobrze, że nic mu się nie stało". Ale zaraz pojawiły się pytania, które zdmuchnęły uczucie ulgi. Dlaczego on tam siedzi? Dlaczego zostawił tę deskę, która zwisa nad jego głową, przybitą tylko jednym gwoździem? Dlaczego młotek leży w trawie półtora metra od niego? Dlaczego on się nie rusza?

Z dołu usłyszałem krzyk Abby. Otworzyły się tylne drzwi, patrzyłem, jak Abby biegnie po zrudziałej trawie, stałem przy oknie, kiedy ona biegła z powrotem do domu, kiedy pojawiła się karetka, a z nią mężczyźni w białych spodniach i nosze z szarymi pasami, i migające czerwone światło, a potem syrena, której dźwięk przypominał piszczałkę odjeżdżającą coraz dalej i dalej.

■■■■■

To był udar. Tak właśnie powiedziano moim rodzicom. Mojej siostrze ani mnie nie wolno go odwiedzać.

Do udaru dochodzi, kiedy pęknie tętnica w mózgu i wyleje się z niej krew. Tak mówi tata. Nikt nie wie, jak długo Skuter będzie musiał zostać w szpitalu. Nikt nie wie, do jakiego stopnia odzyska sprawność. Nie wiedzą nawet, czy będzie żył.

Niczego nie wiedzą.

■■■■■

Tak samo jak co roku choinka stoi w rogu dziennego pokoju. Tak samo jak co roku jest ubrana tylko białymi lampkami i pluszowymi misiami. Słowo daję!

— Kiedy będziesz miał własny dom, będziesz sobie ubierał choinkę, jak tylko zechcesz — mówi co roku moja mama.

Mam dla niej nowinę. Zamierzam się stąd zerwać dużo wcześniej, niż jej się zdaje. Minutę po skończeniu średniej szkoły będziemy w swoim własnym mieszkaniu, ja i Mike. A na naszej choince będą różnokolorowe lampki i najróżniejsze bombki oraz tona lamety, tak żeby się wydawało, że drzewko jest srebrne. A na lamecie prażona kukurydza — łańcuchy z prażonej kukurydzy, sznury prażonej kukurydzy, owinięte jak wokół mumii.

Na ulicach w centrum miasta rozwieszono lampki, a na latarniach wiszą Święte Mikołaje. W centrum handlowym bez przerwy puszczają tę samą piosenkę. Jeżeli jeszcze raz w życiu usłyszę, że *Kasztany pieką się w kominku*, to się świątecznie wyrzygam.

W sklepach centrum usypano sztuczny śnieg w rogach wystaw. Chodzi o to, żebym uwierzył, że napadało przez dach, no nie?

Któregoś wieczoru odwiedzili nas Webbowie. Wszyscy troje. Przyszli z jedzeniem. Bo co? Może im się zdaje, że nie możemy się sami wyżywić?

Mama zaprosiła ich do środka i poprosiła, żeby usiedli. Zachowywała się, jakby to jedzenie to było coś nadzwyczajnego. Podała im ciasteczka. Świąteczne ciasteczka, które upiekł Skuter, w tym także czekoladowe makaroniki, które zrobił specjalnie dla mnie.

Przynajmniej tym razem Mała Radosna Niespodzianka nie była taka rozbrykana jak zwykle. Siedział na kanapie pomiędzy wyglądającymi na dziadków rodzicami. Nie rozmawiałem z nim. Odburkiwałem tylko na jego głupie pytania. No i gapiłem się na niego, kiedy zjadał moje czekoladowe makaroniki.

Poza tym zabawiałem się wyobrażaniem sobie, co taki Webb może dostać na Gwiazdkę. Jakąś ładną koszulinkę z Ciucholandu, tylko z dwiema małymi dziurami? Śliczną fasolkę szparagową od cioci Mabel oraz owsianego kotleta od wujka Harveya. Oraz śliczną kalkomanię z napisem PRECZ Z WOJNAMI I SUPERMARKETAMI do naklejenia wprost na czole.

Nawet nie tknąłem tego jedzenia, z którym przyszli.

■ ■ ■ ■ ■

Święta są pojutrze. Dzisiaj obudziłem się z taką myślą: „Jeszcze nie kupiłeś mu prezentu". To znaczy, że nie wierzysz, że on przeżyje.

Potem ta sama myśl wywróciła się na lewą stronę i zobaczyłem, co się pod nią kryło: W każdej minucie, w której nie masz dla niego prezentu, on jest o minutę bliższy śmierci. Zabijasz go.

Wciągnąłem na siebie jakieś ubranie — żadnych skarpet, bielizny, kurtki — i już byłem za drzwiami. Wskoczyłem na rower i popedałowałem ulicą. Kierowałem się w stronę bloków. Dopadłem pierwszych drzwi, które wyglądały jak drzwi sklepu.

W środku jakaś kobieta siedziała przy komputerze. To miejsce nie wyglądało jak sklep. Z trudem łapałem oddech:

— Są tu jakieś prezenty? Świąteczne prezenty?

Popatrzyła na mnie rozbawionym wzrokiem:

— Nie sądzę. To jest kancelaria adwokacka...

Dwie sekundy później otwierałem następne drzwi. Tym razem był to sklep. Nie miałem czasu, żeby się rozglądać. Nieważne, co kupisz. Kupuj natychmiast! Chwyciłem najbliższą rzecz, która stała na ladzie. Była to para jaskrawoczerwonych butów na wysokim obcasie, obsypanych brokatem i udekorowanych z przodu kokardami.

— Ile kosztują? — zapytałem.

Kobieta za ladą popatrzyła na mnie bez słowa.

Podetknąłem jej buty pod nos i krzyknąłem:

— Ile kosztują?!

Poruszyła powiekami:

— Sześć dolarów.

Wyciągnąłem swoją dziesiątkę i rzuciłem na ladę. Kobieta wzięła pieniądze. Naciskała jakieś guziki na starej, drewnianej kasie. Kasa zadźwięczała i z okienka zniknął napis 10 $. Wziąłem pierwszy tego ranka, głęboki oddech. Odebrałem torbę z rąk kobiety. Zamknąłem oczy i przysięgam, że zobaczyłem, a może poczułem, że dokładnie w tym momencie coś mrocznego, coś złowrogiego i bezdennego odeszło od pewnych drzwi w szpitalu w Springfield.

Czasem, kiedy nikogo nie ma w domu, idę do pokoju Skutera i siadam na jego łóżku.

33

29 GRUDNIA

Przenieśli go do zwykłego pokoju szpitalnego. Niektórzy lekarze mówią, że wszystko będzie dobrze. Im dłużej tego słucham, tym bardziej myślę, że „wszystko dobrze" tak naprawdę znaczy „nie umrze".

Mama mówi, że będzie musiał od nowa uczyć się chodzić. Mówi, że niezbyt wyraźnie wymawia słowa i wielu rzeczy nie pamięta. Przestałem ją pytać, co jeszcze jest nie tak. Nie chcę wiedzieć.

▪▪▪▪▪

Święta są do niczego.

Zrobiliśmy wszystko tak jak zwykle, ale to jest jak... sam nie wiem... pizza bez pepperoni. Pierwszy raz w życiu ktoś musiał mnie obudzić w świąteczny poranek.

Kiedy zeszliśmy na dół, rodzice jak co roku włączyli świąteczne piosenki. Przez chwilę zdawało mi się, że jestem w centrum handlowym. Te piosenki zawsze śpiewają ci sami wykonawcy, którzy są jak para prehistorycznych pawianów o imionach Perry Como i Bing Crosby. Perry? Bing? W głowie się nie mieści, jakie to imiona nadawano ludziom w dawnych czasach.

Sterty prezentów były większe niż zazwyczaj. Dostałem piłkę Dan Marino. Dostałem własny odtwarzacz wideo i dwie kasety do mojej kolekcji: *Swamp Twing* i *Sports Bloopers*. Dostałem grę do mojego Nintendo i gadżety L.A.

Raiders: kurtkę, opaskę na przegub i czapkę. I mnóstwo innych ubrań.

To było dziwne. W ciągu dnia zdarzały mi się chwile, kiedy zapominałem, kiedy wydawało mi się, że wszystko jest tak jak zwykle. Ale nie trwało to długo. Jakby jakaś mała, podstępna zmora chodziła za mną z wyszczerzonymi zębami i kiedy tylko zaczynałem się dobrze czuć, zaczynała swoją śpiewkę: „Aha! Zapominasz!", i waliła mnie deską przez łeb.

■ ■ ■ ■ ■

Co roku jest ta sama awantura. Abby i ja chcemy wziąć nasze prezenty na górę do swoich pokoi i zacząć ich używać. Rodzice chcą, żeby zostały pod Najnudniejszą Choinką Świata aż do Nowego Roku, żeby nasi goście mogli je zobaczyć. Tylko że prawie nigdy nikt nie przychodzi.

W tym roku nie daliśmy sobie niczego wcisnąć. Powiedzieliśmy: w porządku, macie trzy dni. Jeżeli przez ten czas nikt się nie zjawi, wszystkie prezenty idą na górę. I właśnie tak się stało.

Teraz pod choinką zostały już tylko prezenty Skutera. Mama mówi, że zostawimy wszystko tak, jak jest, dopóki on nie wróci do domu. Zła wiadomość jest taka, że ta choinka jest sztuczna, więc może stać i stać. Wracaj prędko, Skuter.

■ ■ ■ ■ ■

Oprócz tamtych czerwonych butów kupiłem mu prawdziwy prezent, książkę o okrętach Marynarki Stanów Zjednoczonych. Nie jestem pewien, co zrobić z tymi butami. Najpierw je zapakowałem. Potem chciałem wyrzucić. Ale potem pomyślałem sobie: „Czekaj, może to jakiś talizman, może przyniosą szczęście? Kto wie, co złego mogłoby się zdarzyć, gdybyś je wyrzucił?" Więc zostały pod moim łóżkiem.

34

1 STYCZNIA

Dzisiaj przyszedł Mike. Reszta rodziny wybrała się w odwiedziny do wujka Herma, więc mieliśmy cały dom dla siebie.

Siedzieliśmy albo w kuchni, albo w moim pokoju, oglądając parady, kręgle albo taśmy wideo i porównując nawzajem swoje prezenty.

Mike dostał uzi na wodę i walkmana. Ja tego nie dostałem. Dostał telewizor, ale mój stary jest większy niż jego: dwadzieścia jeden cali w porównaniu z osiemnastoma plus automatyczne wyłączanie i włączanie pilotem, które u mnie jest, a u niego nie ma. On dostał trzy taśmy, a ja dwie, ale moje dwie kosztowały więcej niż jego trzy. Wyciągnąłem swoją kurtkę L.A. Raiders:

— Popatrz na to, chłopczyku. — Włożyłem ją na siebie razem z opaską Raiders i czapką Raiders.

Machnął ręką.

— E, tam. Nic nadzwyczajnego. Zwykłe szmaty. Kurtka Dallas Cowboys, którą dostałem w zeszłym roku, ciągle jest lepsza. — Uśmiechał się pod nosem, ale nie mógł oderwać oczu od mojej kurtki. Gdybym tylko zechciał, przehandlowałby swoją kowbojską kurtkę za moich Raidersów i jeszcze pozwolił mi przez tydzień za friko używać swojego uzi.

Ale potem jego ironiczny uśmieszek zrobił się pogardliwy, stał się prawie diabelskim uśmiechem, a ja już wiedziałem, co zaraz nastąpi. Do tej pory ani przez chwilę nie wspomniał o swoich adidasach. Ja też o nich nie wspominałem. Udawałem, że ich nie zauważam. A on zostawił je sobie na sam koniec.

Siedział na krześle przy moim biurku. Położył obie nogi na blacie:

— No dobra — powiedział z szerokim uśmiechem. — Spójrz na to.

To były najpiękniejsze adidasy, jakie w życiu widziałem. Ostatnio, kiedy tylko byłem w centrum handlowym, zatrzymywałem się przy sklepie „Foot Locker" i patrzyłem na nie. Wpisałem je na moją świąteczną listę, ale tata powiedział, że nie ma mowy, że nie zamierza wydać na parę adidasów więcej niż wydaje przez cały tydzień w sklepie spożywczym, a poza tym te, które mam, są jeszcze „całkiem dobre".

Tego wieczoru, kiedy ostatni raz rozmawiałem ze Skuterem, przed tamtym porankiem i przed czereśnią, poprosiłem go, żeby spróbował namówić tatę na zmianę zdania. Powiedział, że spróbuje, ale chyba nie miał takiej szansy. Jedną z ostatnich rzeczy, które do mnie powiedział, było: „Nie przejmuj się tak bardzo. To nie adidasy się liczą, tylko stopa". Uśmiechnąłem się pobłażliwie:

— Widziałem lepsze.

Mike roześmiał się szeroko. Ustawił stopy tak, żebym widział buty od dołu:

— Popatrz na podeszwy, stary.

Były takie wspaniałe, że zakręciło mi się w głowie. Trójkolorowe. Widziałem siebie, jak skaczę w nich powyżej tablic, obrońcy szlochają jak dzieci, a widzowie wstrzymują dech na widok ruchów, jakich nie wykonywał jeszcze nikt na świecie.

Mike podsunął mi podeszwę pod sam nos. Czułem zapach białej, gładkiej jak atłas skóry. Odepchnąłem jego nogę.

— Nie adidasy się liczą — powiedziałem — tylko stopa.

Popatrzył na mnie, jakbym był szalony. Potem się roześmiał. Wiedział, że sam nie wierzę w to, co mówię.

Kiedy oglądaliśmy jedną z kaset wideo przyniesionych przez Mike'a, Mike zgłodniał i poszedł na dół do kuchni. Kiedy wrócił, w ręku miał pączka z galaretką, a na głowie marynarską czapkę. Boki ściągnął w dół, tak że czapka wyglądała jak biała miska.

— Skąd to wziąłeś? — zapytałem.

— Z kuchni.

— Ale czapkę?

— Z tamtego pokoju.

— A co tam robiłeś?

Wwiercił się językiem w pączka, żeby spróbować galaretki. Wzruszył ramionami.

— Rozglądałem się. Czy to nie pokój tego staruszka? Twojego dziadka?

— Zdejmij to — powiedziałem.

Skuter nigdy nie nosił tej czapki — przez cały czas wisiała na jego łóżku. Powiedział, że Abby i ja możemy ją ponosić, jeżeli zechcemy.

Mike się nie poruszył, tylko dalej dowiercał się językiem do galaretki. Podskoczyłem i zerwałem mu czapkę z głowy.

— Hej! — wrzasnął. — Co ty robisz? Mówiłeś chyba, że on jest w szpitalu, nie? No to już jej nie potrzebuje. Jest stary.

— On nie jest stary! — krzyknąłem i pobiegłem przez przedpokój. Podwinąłem brzeg z powrotem tak, jak powinien być. Powiesiłem czapkę na łóżku. Trzęsły mi się ręce. Miałem coś dziwnego w gardle i w oczach. Poszedłem do łazienki, zamknąłem drzwi i usiadłem na brzegu wanny.

Ktoś zadzwonił do drzwi. Zszedłem na dół. Słyszałem, że w moim pokoju Mike zmienił taśmę na *Sports Bloopers*.

Zrobiłem to, co zawsze robię, kiedy ktoś stoi przy drzwiach: wyjrzałem przez okno w wykuszu. To był Webb.

Nie przestawał naciskać dzwonka i wpatrywać się w drzwi jak jakiś palant. W ręku trzymał paczkę mniej więcej kwadratowego kształtu, owiniętą papierem pakowym i obwiązaną sznurkiem.

Minęła cała wieczność, zanim zrezygnował. Widziałem, jak otwiera drzwi do wiatrołapu, a potem się schyla. Kiedy odchodził, nie miał już w ręku paczki.

Dałem mu minutę, żeby odszedł ulicą, a potem otworzyłem drzwi. Wniosłem paczkę do środka. Teraz już mogłem się przekonać, że papier został wycięty z torby z supermarketu. Na górze była koperta przyklejona taśmą. W środku krótki list. Niezdarny charakter pisma należał do Webba.

Szanowny Panie Skuter,

Moi rodzice i ja dowiedzieliśmy się o Pana chorobie i jest nam z tego powodu bardzo przykro. Mamy nadzieję, że wyzdrowieje Pan szybko. Żeby Panu w tym pomóc, przesyłam Panu ten słoik mułu z rzeki Missouri. Dał mi go mój pradziadek, Henry Wilbide Webb III, który zanurkował do dna, żeby zdobyć muł, 71 lat temu.

Tam, gdzie mieszkaliśmy, opowiada się legendę o błocie z rzeki Missouri. Opowiedziałem ją kiedyś Pana wnukowi, Johnowi. Jestem pewien, że on z przyjemnością opowie ją Panu.

Pana przyjaciel
Penn Webb

PS
Jak pan widzi, muł jest suchy. Trzeba dodać wody.

Na górze Mike wył ze śmiechu, oglądając *Sports Bloopers*. Włożyłem kartkę z powrotem do koperty. Stanąłem przy oknie i wyglądałem na ulicę.

Nie wiem, ile czasu upłynęło do chwili, kiedy coś uderzyło mnie w głowę. To był Mike, który stukał we mnie moją nową piłką.

— Człowieku, to jest najśmieszniejsza rzecz, jaką widziałem. Mogę ją pożyczyć na parę dni?

— Jasne — powiedziałem, i odwróciłem się z powrotem do okna.

— Kto dzwonił?

— Nikt.

— Co to jest?

— Co?

— To, co masz w ręce?

— Nic.

— No to — powiedział — czas coś zjeść. Masz jakąś pizzę w zamrażalniku?

— Jasne.

— To ją zróbmy.

— Sam zrób — powiedziałem. — Ja nie jestem głodny.

35

9 STYCZNIA

Powrót do szkoły przypominał trochę pierwszy dzień po wakacjach: wszyscy chwalili się tym, co dostali. Wokół adidasów Mike'a zebrał się cały tłum.

Mike powiedział, że ma nowy wygłup na Webba. Odpowiedziałem, że mnie to nie obchodzi.

Na drugi dzień po feriach, wychodząc zza jakiegoś rogu, wpadłem wprost na Forbes.

Już w ogóle nie patrzę w jej stronę, więc nawet się nie zatrzymałem. Usłyszałem tylko, że powiedziała za moimi plecami: „Przykro mi z powodu twojego dziadka".

■■■■■

Wczoraj wszyscy mogliśmy go odwiedzić. Już nie jest w szpitalu, tylko na rehabilitacji. Mają go tam nauczyć chodzić, samodzielnie jeść, ubierać się i w ogóle.

Miał być w pokoju numer 23. Rodzice popchnęli mnie i Abby przodem. W środku były dwa łóżka. Na tym przy oknie ktoś leżał. Drugie było puste.

— Nie ma go tu — wyszeptałem do mamy.

— Oczywiście, że jest — odpowiedziała. — Tam.

Pokazywała głową w stronę człowieka na łóżku przy oknie. Abby już do niego biegła, a ja ciągle jeszcze nie mogłem uwierzyć.

— To on?

Mama ścisnęła mnie za ramię. Podeszliśmy. Abby już

siedziała na łóżku, paplając bez sensu. Leżał wysoko na poduszkach. Jego twarz była zupełnie inna. Cały był zupełnie inny. Był wychudzony, jakby głodował. Miał dziwnie wykrzywione usta, jakby się ironicznie uśmiechał, ale wiedziałem, że tak nie jest. Prawą rękę oparł na udzie. Miałem wrażenie, że coś z tą ręką jest nie w porządku i w końcu sobie to uświadomiłem — jego dłoń. Była oparta wnętrzem ku górze, ze zgiętymi do połowy palcami. Wyglądała jak martwa.

Wpatrywał się w Abby, która bez przerwy paplała. Nie mrugał. Wydawało się, że oprócz niej nikogo nie zauważa.

Mama schyliła się, żeby go pocałować.

— Cześć, tato — powiedziała. Nieruchome oczy zwróciły się w jej stronę. — Twój ulubiony wnuczek też tu jest.

Mama odeszła na bok, a on patrzył teraz na mnie, a może tylko na miejsce, w którym przypadkowo się znalazłem.

— Cześć, Skuter — powiedziałem. Zacząłem wyciągać ręce na powitanie, ale przypomniałem sobie jego bezwładnie opuszczoną dłoń i zrezygnowałem. Otworzył usta, jakby chciał coś powiedzieć, ale wypłynęła z nich tylko kropla śliny. Mama ją starła.

Abby znowu zaczęła paplaninę, ale on nie odrywał oczu ode mnie. Przez chwilę zdawało mi się, że w jego oczach widzę dawnego Skutera, który próbuje się wydostać na zewnątrz. Abby nagle zamilkła, spojrzała w dół i uśmiechnęła się radośnie. Jego zdrowa dłoń była ciasno owinięta wokół przegubu jej ręki.

■ ■ ■ ■ ■

W samochodzie, kiedy jechaliśmy do domu, Abby zapytała:

— Czy Skuter wyzdrowieje do pierwszego lutego?

— To twoje urodziny — powiedziała mama.

— Wiem. Wyzdrowieje?

— Na pewno nie będzie całkiem zdrowy. Trzeba dużo czasu, żeby odzyskać siły po udarze.

— A co z pieczeniem ciasta? Czy przynajmniej to będzie mógł zrobić?

— Raczej nie. Nie sądzę, żeby był w stanie pracować w kuchni w najbliższym czasie. Dlaczego pytasz? Boisz się, że zwolnię panią Linfont i sama zacznę gotować?

Mama zatrudniła panią Linfont kilka dni temu. Będzie przychodziła raz w tygodniu, żeby sprzątać dom i robić pranie, i trzy razy w tygodniu, żeby ugotować obiad dla Abby i dla mnie. Nie podoba mi się to.

— Chciałam, żeby zrobił dla mnie sumiaste ciasteczka, żebym mogła je zabrać do szkoły na urodziny — powiedziała płaczliwie Abby.

— Znajdziemy w piekarni coś ładnego dla ciebie do szkoły — powiedziała mama.

Abby pochlipywała:

— Nie chcę. To nie to samo. Ja chcę sumiaste ciasteczka! — Kopnęła w tył mojego fotela. — I nie chcę mieć przyjęcia! — Teraz już płakała. — On już nigdy nie nazwie mnie swoim majtkiem!

■ ■ ■ ■ ■

Trochę później, kiedy już byliśmy w domu, miałem wrażenie, że oblewam się zimnym potem, więc sam siebie zabrałem na spacer. Kiedy wróciłem, było już prawie ciemno. Ciągle nie miałem ochoty wchodzić do środka. Poszedłem na tył domu.

Nasz ogród jest dość duży w porównaniu z innymi. W każdym razie większy niż u wujka Herma albo u Mike'a. Większy niż cała działka Webbów. Rośnie w nim dziesięć albo piętnaście drzew i mnóstwo krzaków wzdłuż brzegów.

Jest w nim także stary domek dla lalek. Wydawało mi się, że widzę coś przed tym domkiem. Podszedłem. Na frontowej ścianie był napis przyklejony taśmą:

MYSI DOMEK

Uklęknąłem, żeby zajrzeć do środka. Były tam meble: malutkie krzesełka i stoły, i łóżeczka, i kuchenka w kuchni. Stół w pokoju jadalnym miał jakieś pięć centymetrów długości, a dookoła stały krzesła na nóżkach cienkich jak wykałaczki. Na stole leżał trójkątny koniuszek kawałka pizzy.

Kiedy wstawałem, żeby odejść od Mysiego Domku, zauważyłem coś w krzakach. Przyjrzałem się bliżej. To była sterta patyków wielkości mniej więcej talerza pełnego spaghetti. Z odległości trzech metrów trudno byłoby ją w ogóle zauważyć.

Poszedłem wzdłuż rzędu krzewów. Była tam kolejna sterta... i następna... jeszcze jedna.... Wzdłuż trzech brzegów ogrodu.

Idąc w stronę domu, zobaczyłem jeszcze jedną stertę pod drzewem, tuż obok pnia. Sprawdziłem inne drzewa. Prawie pod każdym była sterta patyków. Zanim wszedłem do domu, odwróciłem się, żeby popatrzeć. Nie było widać żadnej z nich. Te pod drzewami były po drugiej stronie, nie można by ich zobaczyć z domu nawet w dziennym świetle.

Nie wiem dlaczego, ale po prostu stałem tam przez chwilę. Na drzewach już dawno nie było liści. Niektóre nagie gałęzie były rozwidlone i powykrzywiane. Wyglądały jak czarne błyskawice na tle nieba posmarowanego malinowym dżemem.

■■■■■

Dzisiaj rano po wyjściu do szkoły zajrzałem do Mysiego Domku. Końcówka pizzy znikła. Na maleńkim stole nie było ani jednego okruszka.

36

1 LUTEGO

Mama wyszła do pracy, jak tylko wstała. Tata był w podróży służbowej. Pani Linfont jeszcze nie przyszła, a ja i Abby siedzieliśmy w kuchni z czterema pudełkami ciastek z Hannah Bakery.

Abby uderzyła ręką w jedno z pudełek.

— Mówiłam jej, żeby nic nie kupowała. Mówiłam jej, że nie chcę ich brać do szkoły. — Dźgnęła palcem jeden z balonów, które mama kupiła jej w sklepie z gadżetami na przyjęcia. Balon pękł. Czekałem, kiedy moja siostra zaatakuje wielki napis WSZYSTKIEGO NAJLEPSZEGO, ABBY. — Nie wezmę — powtórzyła gniewnie.

— To nie bierz — powiedziałem.

— Nie wezmę.

Sięgnąłem ręką do szafki pod zlewem i wyciągnąłem stamtąd plastikową torbę:

— Weź to.

Złość jej minęła. Popatrzyła na mnie, zajrzała do woreczka, jeszcze raz spojrzała na mnie:

— Co to jest?

— A jak myślisz? — powiedziałem. — Sumiaste ciasteczka.

Zrobiła wielkie oczy:

— Skuter je upiekł?

Miała taką uszczęśliwioną minę, że prawie skłamałem.

— Nie — odpowiedziałem. — Ja je upiekłem.

Spojrzała na mnie takim wzrokiem, jakby pytała: „Co ta obca forma życia robi w moim domu?" Jeszcze raz zajrzała do torebki. Wyjęła jedno ciasteczko. Zmarszczyła jej się cała twarz oprócz nosa.

— To nie są sumiaste ciasteczka. To wygląda jak jakieś niemowlęce gryzmoły.

Sumiaste ciasteczka to właściwie zwykłe ciasteczka czekoladowe. Ale Skuter wyciskał na każde z nich strużki białego lukru, tak że przypominały pyszczek suma. Zrobiłem je poprzedniego dnia w mikrofalówce u Mike'a. Może nie jestem największym artystą na świecie, ale...

— Moim zdaniem wyglądają jak pyszczki suma — powiedziałem.

Myślałem, że Abby się ucieszy. Ale ona rzuciła torebkę na podłogę i rozpłakała się

— Nie wyglądają! — zawołała i wybiegła z domu.

■■■■■

Mike przyniósł dzisiaj do szkoły swoją torbę z rzeczami na trening.

— Mam dla ciebie nowinę — powiedziałem. — Sezon skończył się trzy miesiące temu.

Uśmiechnął się szeroko.

— To ja mam dla ciebie nowinę. — Pociągnął mnie w stronę szafek. Uchylił lekko torbę. Zajrzałem. W środku było uzi na wodę.

— Zawieszą cię — powiedziałem.

Zamknął torbę i popatrzył na mnie:

— Ty się jakoś dziwnie zachowujesz.

Poczułem mrowienie na karku:

— O co ci chodzi?

— Nie wiem. Po prostu zachowujesz się jakoś inaczej. Na przykład kiedy rzuciłem: zróbmy kawał Webbowi, ty odpowiedziałeś, że cię to nie interesuje. I tak dalej. — Pomachał mi torbą przed nosem. — Jeszcze nigdy nie powiedziałeś — zaczął mówić z pretensją w głosie — za--wie-szą cię.

Pchnąłem torbę w stronę jego twarzy.

— Takim tonem tego nie powiedziałem.

Cofnął się.

— Ale powiedziałeś. Zachowujesz się, jakbyś już nigdy nie chciał nic robić. Łajza z ciebie, koleś.

Chwyciłem w garść jego koszulkę i podciągnąłem mu pod brodę, zmuszając go, żeby odchylił głowę:

— Teraz też jestem łajzą?

Jeszcze nigdy nie biliśmy się na poważnie, ale żaden z nas nie ma wątpliwości, kto by wtedy wygrał. Mike patrzył na mnie wzdłuż swojego nosa, z twarzą zwróconą do sufitu.

— Nie jesteś łajzą — powiedział chrapliwym głosem. Przełknął ślinę. — Puść mnie, facet.

Pchnąłem go w głąb szatni i poszedłem do naszej sali.

Tego popołudnia na przystanku autobusowym na ulicy sąsiadującej ze szkołą wyła i krzyczała banda dzieciaków. Kiedy podszedłem bliżej, pomiędzy głowami dojrzałem Delucę i Webba. Słyszałem bębnienie uzi. Nie zatrzymałem się. Wiedziałem, co się działo. Mike strzelał, a Webb stał przemoknięty do suchej nitki i przyjmował atak tak samo jak tamtego dnia, kiedy odmówił wzięcia udziału w pojedynku na wodne pistolety. Było słychać, kiedy Mike wstrzeliwał się za wysoko, bo woda z brzękiem odbijała się od blachy przystanku.

Czy Mike miał rację? Byłem łajzą? Dlaczego nie przyłączyłem się do rozjuszonej bandy i nie śmiałem się razem z innymi? Dlaczego nie wziąłem karabinu i nie wypompowałem osobiście kilku serii w tę ofiarę? Tak naprawdę to miałem ochotę wziąć karabin, ale chętniej strzelałbym do Deluki niż do Webba. Czy to robiło ze mnie łajzę? Czy inni też tak o mnie myśleli?

Kraksa Coogan. Człowiek Kraksa. Nagle wydało mi się, że to imię nie do końca do mnie pasuje. Zawsze myślałem, że moje imię i ja to to samo. Teraz pomiędzy mną a moim imieniem powstała rysa, szczelina dziennego światła. Jakby otwierała się moja muszla. To było przerażające.

Kiedy się odwróciłem, tłum był o jedną przecznicę za mną.

■■■■■

Tego wieczoru, kiedy wyszedłem z łazienki, znalazłem na kołdrze kartkę. To był list od Abby:

Przepraszam, że byłam dzisiaj rano taka podła. Chyba zachowywałam się jak małe dziecko. Dziękuję Ci, że zrobiłeś dla mnie sumiaste ciasteczka. (Chociaż wcale nie wyglądały jak sumiaste).

37

13 LUTEGO

Skuter mówi.

Jedno słowo „e-baa".

Najpierw myślałem, że każe nam już iść, mówiąc „baj, baj", chociaż dopiero co weszliśmy. Ale okazało się, że to jest wszystko, co w ogóle mówi. To jest jego jedyna odpowiedź.

— Cześć, Skuter.

— E-baa.

— Jak się dzisiaj czujesz?

— E-baa.

— Lubisz swoją terapeutkę?

— E-baa.

— Ile jest dni w roku?

— E-baa.

W samochodzie Abby zapytała:

— Czy on nie potrafi powiedzieć nic innego?

Mama westchnęła.

— Na razie chyba nie. — Jej głos brzmiał, jakby była jeszcze bardziej zmęczona niż zwykle. Z trudem wydobywała z ust każde słowo. Ale Abby nie dawała za wygraną:

— Co to słowo znaczy?

— Dokładnie nie wiem. Dla niego to chyba znaczy wszystko.

Abby marudziła dalej:

— Chciałabym, żeby mógł powiedzieć coś więcej. Chciałabym, żeby mógł nam jeszcze kiedyś opowiadać o ośmiornicy Ollie.

— Spróbujmy raczej myśleć o tym, co on potrafi — powiedziała mama — a nie o tym, czego nie potrafi.

— Nie marudźcie, dzieciaki — powiedział tata.

Przez resztę drogi do domu panowała cisza. Kiedy zajeżdżaliśmy przed bramę, Abby oznajmiła:

— To musi być straszne, kiedy ktoś nie może powiedzieć ani jednego słowa. A teraz on ma już jedno własne słowo. I może nim wszystko nazywać! A ja zamierzam się z tego cieszyć.

Wyskoczyła z samochodu i rzeczywiście wyglądała na zadowoloną.

■■■■■

Dzisiaj wieczorem, kiedy wynosiłem śmieci po obiedzie, usłyszałem tupot zbliżających się kroków. To nie jest wielka rzecz, że ktoś biegnie obok naszego domu. Chyba połowa ludzi w mieście biega po okolicy. Tylko że to nie był krok biegacza — to był raczej krok sprintera.

Patrzyłem. Przemknął koło domu jak błyskawica. Było za ciemno, żebym mógł go dobrze zobaczyć. Ale o kilka domów dalej stoi uliczna latarnia i przez jedną sekundę widziałem go dokładnie, bo na chwilę wyłonił się z ciemności, żeby potem znowu w niej zniknąć. To był jakiś chudy dzieciak.

Webb.

Najpierw przeleciało mi przez głowę, że ktoś go goni. Pobiegłem do bramy, spojrzałem w dół ulicy. Nikogo.

Po tym jak Deluca przemoczył go do suchej nitki swoim uzi, Webba przez dwa dni nie było w szkole. Słyszałem, że niewiele brakowało, żeby dostał zapalenia płuc.

Spojrzałem w drugą stronę. Odgłos stóp stał się wolniejszy. Potem ucichł. To oznaczało, że teraz szedł, może wracał. Wszedłem do domu.

38

28 LUTEGO

Mama odwróciła do góry dnem papierową torbę. Dwa błyszczące czerwone buty na wysokim obcasie wypadły na moje biurko.

— Pani Linfont znalazła je dzisiaj, kiedy ścierała kurze pod twoim łóżkiem. Powiedziała, że nie chce być wścibska, ale wydało jej się to trochę niezwykłe. I nie mieściło jej się w głowie, żeby to mógł być prezent dla mnie. — Spojrzała na mnie spod oka. — To nie jest prezent dla mnie, prawda?

— Nie, nie jest — odpowiedziałem. — Za to pani Linfont jest wścibska.

— Chyba masz rację. Czy to znaczy, że ja też jestem wścibska?

— Jasne — powiedziałem i włożyłem buty z powrotem do torby.

Mama nie ruszyła się z miejsca.

— Czy to jakaś tajemnica?

Popatrzyłem na nią przez chwilę, a potem powiedziałem, dlaczego je kupiłem.

— To dlaczego ich nie wyrzucisz?

To też jej powiedziałem.

— To bardzo miło z twojej strony. Pewnie chociaż trochę poprawi ci humor to, że nie sądzę, żebyś musiał się martwić, czy twój dziadek przeżyje. Pozostało już tylko pytanie, na ile wyzdrowieje.

Popatrzyła na mnie rozbawionym wzrokiem:

— Pozwól mi je jeszcze raz zobaczyć. — Wyciągnęła jeden but z torby i przyjrzała mu się.

— Z czego się śmiejesz? — zapytałem.

— W którym sklepie je kupiłeś?

— Nie wiem. Nie patrzyłem. Przecież ci mówiłem, jak to było.

— Buty zwykle sprzedaje się w pudełkach.

— Nie te. Te stały na ladzie.

— Ile za nie zapłaciłeś?

— Sześć dolarów.

Zaczęła się śmiać i pokiwała głową.

— O co chodzi? — zapytałem.

— Wiesz, skąd je wziąłeś?

— Ze sklepu. Mówiłem już.

— Zrobiłeś coś, czego obiecywałeś nigdy nie zrobić, panie Markowa Metko. — Spróbowała złapać mnie za nos, ale się odsunąłem. — Poszedłeś na zakupy do Ciucholandu.

Następnego ranka moją pierwszą myślą po przebudzeniu było: „Robiłem zakupy w sklepie z używanymi rzeczami". Mam nadzieję, że to się nie wyda w szkole.

■■■■■

Mama chyba ma rację, mówiąc, że Skuter przeżyje. Podczas naszej ostatniej wizyty mieliśmy dla niego w termosie trochę zupy rybnej z lucjana. To jedna z jego ulubionych potraw.

Mama musiała go karmić. Kiedy wziął do ust pierwszą łyżkę i poczuł smak, oczy mu zabłysły — znowu był Skuterem — i powiedział: „E-baa, e-baa!".

■■■■■

Oświadczyłem mojej siostrze:

— Mysz nigdy nie wprowadzi się do tego domku na podwórzu. Będzie przychodzić i zabierać jedzenie, ale nigdy nie będzie tam mieszkać.

Nachmurzyła się. Nie chciała o tym rozmawiać. Wyobraża sobie, że tylko ona w całym domu wie coś o życiu przyrody.

— Co ci do tego? — zapytała.

— Nic — odpowiedziałem. — Po prostu mówię.

Wypowiedzenie tego pytania było dla niej prawdziwą torturą, ale w końcu prychnęła:

— A niby dlaczego?

— Ten domek stoi za bardzo na widoku. Powinnaś go wepchnąć bardziej w krzaki. Myszy lubią, kiedy jest ciemno i kiedy miejsce jest zakryte, jakby było pod czapką. Właśnie dlatego ta mysz mieszkała w mojej torbie treningowej.

— No to mój domek dla lalek powinien jeszcze śmierdzieć — powiedziała i poszła sobie.

■ ■ ■ ■ ■

Co wieczór, przez siedem dni w tygodniu, Webb przebiega sprintem koło naszego domu.

39

22 MARCA

Dzisiaj zdarzyło się coś na angielskim.

Parę tygodni temu dostaliśmy zadanie: „Napisz wypracowanie o kimś, kogo znasz. Ile ta osoba dla ciebie znaczy?".

Napisałem o Skuterze. Nie o udarze, rehabilitacji i całej tej reszcie, tylko o samych dobrych rzeczach. Opisałem, jak wspaniale gotuje, o historiach opowiadanych przed zaśnięciem i o tym, jak przychodził na wszystkie moje mecze, nawet kiedy padało.

Mieliśmy przynieść prace na dzisiaj. Kiedy przyszedłem do klasy, Webb już tam był i miał przypięty swój stary znaczek z napisem POKÓJ. Deluca też był. Usiadłem na swoim miejscu.

Webb podszedł do biurka nauczyciela. Kiedy tylko wstał, Mike przemknął się do jego ławki i zwędził stamtąd kilka spiętych razem kartek papieru. Pewnie wypracowanie Webba, pomyślałem. Wracając do swojej ławki, Mike zgniótł kartki i zrobił z nich kulę.

Kiedy Webb wrócił, od razu zobaczył, co się stało. Zaczął się gorączkowo rozglądać wokoło, szukając swojego wypracowania pod ławką i w książkach. Dzieciaki chichotały. Nagle Mike, kiedy Webb stał plecami do niego, odwrócił się i rzucił kulę papieru w moją stronę. Jeszcze nigdy w życiu nie zdarzyło mi się nie złapać rzuconej w moją stronę piłki. Tę też złapałem. Zadzwonił dzwonek, wszyscy usiedli, zaczęła się lekcja.

Nauczyciel nie poprosił o wypracowania na samym początku. Im dłużej trwała lekcja, tym bardziej byłem ciekawy, co jest w pracy Webba. W końcu rozwinąłem papier tak cicho, jak tylko się dało, rozprostowałem go na ławce, zasłoniłem się książką i zacząłem czytać:

Jednym z najważniejszych dla mnie ludzi jest mój pradziadek, Henry Wilhide Webb III. Myślę, że posiadanie pradziadka to wielkie szczęście i błogosławieństwo, ale on znaczy dla mnie jeszcze więcej. Ma 93 lata. Trudno uwierzyć, że ktoś, kto jest starszy ode mnie o 80 lat, potrafi zrozumieć to, co ja czuję, a jednak on to potrafi. Jest moim najlepszym przyjacielem.

Henry Wilhide Webb III nadał mi imię. W roku 1919 biegł razem z drużyną lekkoatletyczną swojego college'u w sławnych zawodach Penn Relays. Krótko potem wyruszył na zachód, do Dakoty Północnej, gdzie się osiedlił i założył rodzinę. Nigdy jednak nie zapomniał tamtego dnia podczas Penn Relays. Kiedy się urodziłem, moja mama powiedziała mu, że może nadać imię swojemu pierwszemu prawnukowi. Nazwał go Penn. Tym prawnukiem byłem ja.

Przeprowadziliśmy się do Pensylwanii siedem lat temu. Od tamtej pory widziałem go tylko jeden raz. Bardzo za nim tęsknię. Najbardziej ze wszystkiego tęsknię za historiami o dawnych czasach, które mi opowiadał. I czasem robi mi się smutno, kiedy mówi, że czuje się tak, jakby znikał razem z prerią.

Mój pradziadek w kwietniu przyjedzie do nas z wizytą na dwa tygodnie. Przyjeżdża w kwietniu dlatego, że to jest czas, kiedy odbywa się Penn Re-

lays. Mówi, że chce ostatni raz zobaczyć te zawody. Mój pradziadek chyba nie wie, że dzisiaj gimnazja, a nawet szkoły podstawowe mogą startować podczas Relays.

Uważam, że najlepszy prezent, jaki mógłbym zrobić mojemu pradziadkowi, to postarać się, żeby zobaczył, jak biegnę w Penn Relays. Dlatego od paru tygodni co wieczór trenuję bieganie.

■■■■■

Nauczyciel poprosił o wypracowania. Podałem swoje. Zadzwonił dzwonek i wszyscy zaczęli się pakować. Webb ostatni raz rozejrzał się wokół swojej ławki. Kiedy wszyscy szli do drzwi, on skręcił do biurka nauczyciela. Zatrzymałem go i włożyłem mu do ręki wypracowanie.

— Znalazłem to — powiedziałem. — Jest zgniecione, ale poza tym w porządku.

Kiedy szedłem do drzwi, wpatrywał się we mnie jak ryba na haczyku.

Zapisy na biegi będą jutro.

40

2 KWIETNIA

Dzisiaj rano, kiedy byłem w kuchni i sprawdzałem, co jest w lodówce, usłyszałem krzyk:

— Nie! Idźcie sobie! Wynocha stąd!

Otworzyłem drzwi do ogrodu. Abby trzymała w ręku łopatę jak rakietę tenisową. Przed nią stał ubrany w biały kombinezon pracownik ChemLawn, trzymając w ręku koniec węża ogrodowego, który wił się w stronę cysterny zaparkowanej przy krawężniku.

Pracownik próbował jej coś tłumaczyć. Mówił, że to ważne, żeby właśnie teraz opryskać ziemię, bo wtedy wszystkie złe chwasty nie będą miały szansy wykiełkować. Ale Abby tylko go ofuknęła:

— Morderca roślin! Niech pan sobie opryska te włosy, które panu wyrastają z nosa!

Facet nie był głupi. Nie ruszał się. Wiedział, że jeśli to zrobi, dostanie łopatą w kolano. Spojrzał na mnie, ale zobaczył, że jestem zbyt rozbawiony, żeby udzielić mu pomocy. Więc się wycofał, zwinął wąż i odjechał.

Dziś wieczorem tata złożył Abby krótką wizytę w jej pokoju. Słyszałem, jak pytał, co ona sobie wyobraża i co to wszystko ma znaczyć.

— Tato — powiedziała Abby — on mordował chwasty.

— Może cię to zaskoczy — odpowiedział tata — ale tak się składa, że dokładnie o to w tym wszystkim chodzi.

— To jest zły sposób myślenia — powiedziała Abby. — Musimy mieć chwasty, bo inaczej nie będziemy oficjalnie potwierdzonym siedliskiem dzikiej zwierzyny.

— To ma być dom rodzinny, a nie siedlisko dzikiej zwierzyny, o ile dobrze pamiętam.

— Tato, tato — zaczynał się wykład — zostałeś zupełnie źle wychowany, to nie twoja wina. Chwasty nie są złe, tato. Są roślinami i mają kwiaty tak samo jak stokrotki i cała reszta. I też mają prawo żyć. A co byś powiedział, gdyby tu przyjechała jakaś ciężarówka i spryskała cię trucizną tylko dlatego, że ktoś postanowił nazwać cię chwastem?

A potem usłyszałem już tylko kroki mojego taty wracającego na dół po schodach.

41

12 KWIETNIA

Jak ktoś jest duży, przeważnie jest powolny. Tylko mali są szybcy. Właśnie tym się różnię od innych: jestem duży i szybki.

W sporcie najbardziej lubię pokonywać ludzi, przewracając ich na ziemię. Tak właśnie jest w futbolu. A w przyszłym roku zgłoszę się na zapasy. Ale wiosną nie ma żadnych zajęć ze sportów kontaktowych, tylko baseball i lekkoatletyka, więc wykorzystuję swoją szybkość na bieżni.

Może na pierwszy rzut oka trudno to zauważyć, ale biegi są podobne do futbolu. Oczywiście nie ma piłki ani naramienników, a na swoim torze można spotkać tylko linkę mety. Ale rozgromić jakiegoś kolesia można równie dobrze, pokonując go w wyścigu, jak przewracając na ziemię na boisku futbolowym.

To jest pierwsza rzecz, jaką robią dzieci — ścigają się. A dzieciak, który wygrywa — od razu jest najlepszy. Wystarczy odwiedzić jakiekolwiek podwórko gdziekolwiek na świecie i zapytać dzieciaki, który z nich jest najszybszy, a one od razu pokażą palcem. Bo to jest coś takiego, co wszyscy wiedzą. To jest tytuł, który się nosi na swojej ulicy, w swoim mieście: Najszybszy Dzieciak.

Najszybszy Dzieciak to ja.

■■■■■

Dzisiaj były eliminacje do biegów. Najlepsza trójka pobiegnie w sprincie na sto metrów w naszych pierwszych zawodach lekkoatletycznych. Wygrałem. Pokonałem tych z szóstej, z siódmej i z ósmej klasy.

Trener mówi, że zaskoczyło go, że jestem taki duży i taki szybki. Zaskoczyło go także to, kto był na mecie drugi. Webb. Trener nie przypomina sobie, żeby kiedykolwiek przedtem dwaj najlepsi biegacze byli z siódmej klasy.

Nie byłem bardzo zaskoczony Webbem. Ciągle pamiętam, jak ścigaliśmy się do skrzynki na listy i z powrotem oraz to, że był wtedy tuż za mną.

Dzisiaj w eliminacjach wspaniale wystartował. Cała reszta została daleko w tyle. Zdaje się, że ćwiczył także starty. Ale nie można pokonać Kraksy Szybkobiegacza samym doskonałym startem. Dopadłem go przy znaku pięćdziesięciu metrów, a resztę można już było sobie dośpiewać.

■■■■■

Już prawie nie widać Mysiego Domku. Jest schowany głęboko w krzakach. Dookoła niego piętrzą się sterty liści, a na oknach ma różowe zasłonki wycięte ze ściereczki do naczyń. Ale nadal nikt tam nie mieszka.

Facet z ChemLawn na razie się nie pokazuje.

42

15 KWIETNIA

Dzisiaj po lunchu podeszła do mnie Jane Forbes. Była wściekła. Podsunęła mi pod nos jakiś świstek:

— Ty to napisałeś?

— Co? — zapytałem.

Wziąłem kartkę do ręki. Słowa były napisane czarnymi drukowanymi literami.

JEŻELI CHCESZ ZOBACZYĆ SWOJEGO ŻÓŁWIA
ŻYWEGO, TO NIE ZAPOMNIJ NAJEŚĆ
SIĘ MIĘSA W PONIEDZIAŁEK W SZKOLNYM
BUFECIE.
BĘDĘ PATRZYŁ.

— Skąd to masz? — zapytałem.

— Penn mi to pokazał. Czy to ty?

Oddałem jej kartkę.

— Nie. I nie oskarżaj nikogo, dopóki nie masz dowodów.

Odszedłem.

■■■■■

Trochę później mieliśmy pierwsze zawody lekkoatletyczne. Walczyliśmy z Donner. W biegu na sto metrów Webb znowu szybko wyszedł na prowadzenie i znowu wyprzedziłem go w połowie drogi. Na mecie ja byłem pierwszy, a on drugi.

▪▪▪▪▪

Nawet nie czekałem do końca mityngu. Nie poszedłem pod prysznic. Ubrałem się i biegłem przez całą drogę do domu Mike'a. Wpuściła mnie jego mama. Powiedziała, że Mike jest w swoim pokoju. Poszedłem na górę.

Nie zapukałem. Wtargnąłem do środka. Mike oderwał wzrok od swojego osiemnastocalowego telewizora.

— Gdzie on jest? — zapytałem.

— Gdzie jest kto? — odpowiedział, jakbym był głupkiem.

Nie było go nigdzie widać, więc zajrzałem pod łóżko.

— Hej, koleś! — zaprotestował Mike.

Pod łóżkiem były tylko śmieci. Podszedłem do szafy, sprawdziłem na półce, sprawdziłem na dole. Był w kartonie od komputera. Wyciągnąłem karton. Podniosłem żółwia i odwróciłem do góry brzuchem. Na skorupie było wyryte imię Thomas.

— Nawet nie masz dla niego jedzenia — powiedziałem.

— To był żart — odpowiedział Mike. — Oddałbym go.

— Zaoszczędzę ci kłopotu — powiedziałem.

Zagrodził mi drogę do drzwi.

— Jak to się stało, że nagle zacząłeś wtykać nos w sprawy Webba?

— Odsuń się — powiedziałem.

Nie ruszył się z miejsca.

— Karmi cię owsianymi kotletami, co?

Nie odpowiedziałem.

Walnął mnie w piersi.

— No co?

Uderzył jeszcze raz, mocniej.

— No co!?

Stałem twardo jak skała. Wiedziałem, do czego zmierza. Chciał, żebym mu oddał, tak jak zawsze. Takie koleżeńskie przepychanki.

Uderzył znowu.

— No co?!

Oddałem mu, tylko że nie tak, jak oczekiwał. Nasadą dłoni trafiłem prosto w klatkę piersiową i posłałem go — tylne części przodem — na podłogę przedpokoju. Zakończył lot przy drzwiach łazienki ze świątecznymi adidasami wycelowanymi w sufit.

Natychmiast zerwał się na nogi, podniósł pięści, zaczerwienił się. Ale nie podszedł bliżej.

Przez długi czas tylko na siebie patrzyliśmy. Potem jego pięści powędrowały w dół, a ramiona opadły.

— Co się z tobą dzieje? — zapytał zmienionym głosem.

— Sam zgadnij — odpowiedziałem. Zszedłem na dół i ruszyłem do drzwi.

Zaniosłem pudło z żółwiem do Webbów. Postawiłem przed drzwiami, zadzwoniłem i uciekłem.

■■■■■

Tata poszedł kosić trawę, ale w kosiarce nie było świecy zapłonowej.

43

16 KWIETNIA

Skuter wrócił dzisiaj do domu!

44

18 KWIETNIA

To tydzień zawodów Penn Relays. Trwają od wtorku do soboty. Gimnazja biegną w piątek.

Trener skończył dzisiaj trening wcześniej. Zabrał nas do klasy i pokazał archiwalne filmy o Penn Relays.

Trener mówi, że Penn Relays to największe zawody lekkoatletyczne na świecie.

Bierze w nich udział ponad piętnaście tysięcy zawodników. To więcej niż w olimpiadach i więcej niż jest mieszkańców w Springfield. Są biegi dla czterolatków, dla osiemdziesięciolatków i dla ludzi na wózkach.

Słowo daję, byłem zaskoczony. Myślałem, że tylko zawodowe mecze futbolu i baseballu ściągają takie tłumy. Na naszym mityngu z Donner na trybunach było dwoje ludzi. (Łatwo zgadnąć: rodzice Webba).

Zawody Penn Relays odbywają się na wielkim, dwupoziomowym stadionie o nazwie Franklin Field. Kiedy biegacze pędzą po bieżni, odgłosy z trybun biegną za nimi. Najpierw brzmi to jak zwykły niski dźwięk podobny do wiatru — oouuuuuuuuuu — który stopniowo przybiera na sile, jak nadciągający huragan — oouuuuuuuuu UUUUUUUU — aż do chwili, kiedy biegacze wychodzą z ostatniego zakrętu i kierują się w stronę taśmy. Wtedy cała publiczność szaleje. Ludzie z pierwszych rzędów wyciągają ręce w ich stronę, przewieszają się przez barierki, niektórzy zaczepieni o nie niemal wyłącznie stopami. Publiczność z wyższych sektorów opuszcza swoje miejsca i tańczy na szczycie tablicy wyników. Jest tak, jakby ktoś zdobył sto przyłożeń na raz.

A to tylko jeden wyścig. Kiedy ostatni biegacz przekroczy linię mety, zaczyna się następny bieg. A potem jeszcze jeden. I tak przez cały dzień. Zanim film się skończył, zrozumiałem, dlaczego Henry Wilhide Webb III chciał tu wrócić.

Trener włączył światła, ale zamiast puścić nas do domu, zaczął mówić:

— Chłopcy, mamy tutaj w Springfield naszą własną, małą tradycję Penn Relays. Nie zależy mi za bardzo na wygranej. Już od szesnastu lat przygotowuję zespoły do Penn Relays i jak dotąd ani razu nie wygraliśmy w grupie podmiejskich szkół gimnazjalnych. Mam zamiar utrzymać ten doskonały rekord.

Wszyscy wybuchnęliśmy śmiechem.

— Moim zdaniem nagrodą jest już sam udział w Penn Relays. To jest mój sposób podziękowania tym, którzy wzięli udział w przewidzianych programem zajęciach i wytrzymali ze mną przez trzy lata.

Kolejna salwa śmiechu.

— Innymi słowy, sprinterzy z ósmej klasy automatycznie tworzą zespół. Potrzebujemy czterech sprinterów do czteroosobowej drużyny, która pobiegnie w sztafecie cztery razy sto metrów. Jest trzech ósmoklasistów: Hubert, Noles i Caruso. To znaczy, że wakuje jedno miejsce. W środę szósto- i siódmoklasiści wezmą udział w wyścigu, po którym dowiemy się, kto je zajmie.

Poczekał chwilę, żeby dotarło do nas to, co powiedział. Czułem na sobie oczy wszystkich. Wiedziałem, co myślą. Wiedziałem też, co ja myślę: to miejsce jest moje.

Trener klasnął w ręce:

— W porządku, możecie iść do domu.

■ ■ ■ ■ ■

Skuter mieszka teraz na parterze. Nasza kryjówka nadal jest na górze, w jego dawnej sypialni. W domu czekała na niego jego skrzynia skarbów. Tata odebrał ją z przechowalni.

Skuter chodzi, opierając się na balkoniku. To taka rama na czterech nogach, którą się popycha, robi krok do środka, znowu się popycha, znowu robi krok do środka i tak dalej. Przejście przez pokój dzienny zajmuje mu pięć minut, ale nikomu to nie przeszkadza.

Szybko się męczy. Rodzice nie zabronili Abby i mi siedzieć z nim na łóżku, ale musimy przychodzić do niego wcześnie i nie wolno nam zostawać zbyt długo.

Pierwszy raz poszliśmy do niego wczoraj wieczorem. Nie wiem, dlaczego wydawało mi się, że jak tylko cała nasza trójka znajdzie się razem na łóżkowym okręcie, to wszystko znowu będzie jak dawniej. Ale nie było. Skuter nadal mówi tylko „e-baa, e-baa".

Staram się poczuć na naszym okręcie tak samo bezpiecznie jak dawniej, ale nie jest to łatwe. Przedtem wyobrażałem sobie, że Skuter jest kapitanem, a my jesteśmy marynarzami. Teraz to się zmieniło. To my jesteśmy kapitanami. A człowiek nie czuje się aż tak bezpiecznie, kiedy sam jest kapitanem.

45

19 KWIETNIA

Dzisiaj w domu czekała na mnie wielka niespodzianka. Była tam moja mama.

— Jesteś chora? — zapytałem.

— Nie — odpowiedziała. — Po prostu jestem w domu.

— Wyrzucili cię?

Roześmiała się.

— Zrezygnowałam. A raczej zrezygnowałam w połowie. Nadal dla nich pracuję, ale tylko połowę godzin i według własnego harmonogramu. Centrum handlowe będzie musiało sobie poradzić beze mnie.

— Dlaczego? — zapytałem.

Wzruszyła ramionami.

— Teraz, kiedy Skuter jest z nami w domu... — Położyła mi rękę na ramieniu i spojrzała mi w oczy.

— Powiedz, co wolisz tak naprawdę: moje pieniądze czy mój czas?

— Twoje pieniądze.

— Wiedziałam, że nie powinnam pytać.

— A co z panią Linfont?

— To ona straciła pracę.

— To dobrze.

— I dzisiaj po południu to ja robię obiad.

— To niedobrze.

Roześmiała się.

■ ■ ■ ■ ■

Obiad nie był taki najgorszy, w każdym razie jak na moją mamę. Najwyraźniej ma jeszcze niewykorzystane możliwości.

Byliśmy we czworo: ja, Abby, mama i Skuter.

— Może zajmiesz się na nowo malowaniem — powiedziała Abby. — Nie podoba mi się ten portret, który mi namalowałaś, kiedy byłam niemowlakiem. Chcę, żebyś mnie namalowała taką, jaka jestem teraz. — Przybrała pozę do portretu. — Zachwycającą.

Mama zrobiła ramkę z palców i popatrzyła przez nią na Abby:

— Zobaczymy.

— Czy tata też rzuca pracę? — Na twarzy Abby wyraźnie było widać, jakiej odpowiedzi oczekuje.

— Nie — odpowiedziała mama. — Chyba, że chcesz zamieszkać w szałasie.

Abby zapiszczała z radości:

— No pewnie!

Mama pokiwała głową.

— Bez przerwy mówię rzeczy, których nie powinnam. Ale jest coś, z czego na pewno będziesz zadowolona. Naprawdę będę kupować niektóre twoje rzeczy w Ciucholandzie.

Abby klasnęła w dłonie.

— Fajnie!

Mama spojrzała na mnie.

— O, nie — powiedziałem.

Wyglądała na zasmuconą.

— Możesz się obejść bez koszulek za trzydzieści dolarów. Wszyscy będziemy musieli z czegoś zrezygnować. Ja sprzedaję samochód.

— Nie będę nosił używanej bielizny — powiedziałem.

— Żadnej używanej bielizny — powiedziała. — Tylko niektóre rzeczy. I postaraj się spojrzeć na to z dobrej strony. Teraz nie będziesz już musiał marnować tyle czasu, porównując metki z cenami na ubraniach twoich kolegów.

Abby się roześmiała.

Wsadziłem nos w talerz. Miałem ochotę walić pięściami w mur. Skuter przez cały czas był cicho, odwracał tylko głowę w stronę każdego, kto coś mówił. Na twarzy miał chwiejny uśmiech, całe jego ciało chwiało się w fotelu.

— Ani używanych adidasów — powiedziałem. Pomyślałem o pieniądzach, które miałem u siebie w komodzie. Zaoszczędziłem tyle, że starczyłoby prawie na parę nowych adidasów, lepszych niż te Mike'a. — Nie zmusisz mnie, żebym wydawał moje własne pieniądze w sklepie z używanymi rzeczami.

Pogłaskała mnie po ręce.

— Nawet mi to przez myśl nie przeszło.

Kiedy położyłem się do łóżka, przyszła do mojego pokoju.

— Chyba nie będziesz mnie teraz co wieczór utulać do snu, jak bym był małym dzieckiem?

Roześmiała się.

— Nie, tylko dzisiaj.

Kiedy wychodziła, powiedziałem:

— Mam tylko jedną prośbę.

Zatrzymała się. W świetle wpadającym z przedpokoju wyglądała jak cień.

— Jaką?

— Jeżeli kupisz mi coś używanego...

— Tak?

— To nie mów mi o tym.

■ ■ ■ ■ ■

Nie mogę zasnąć. Bez przerwy myślę o jutrzejszych eliminacjach do biegu. Wiem, że nie ma takiej możliwości, żebym przegrał, a jednak czuję niepokój. Chciałbym być na naszym okręcie.

Od tamtego dnia, kiedy Webb zjawił się na mojej ulicy, gwiżdżąc i robiąc z siebie głupka, nie zdarzyło się, żeby przeszedł koło mnie, nie mówiąc mi cześć. Aż do dzisiaj. Nie przywitał się w szkole. Nie przywitał się na bieżni.

Dziś wieczorem, chociaż trener wycisnął z nas na treningu siódme poty, słyszałem Webba przebiegającego sprintem koło mojego domu.

■■■■■

Tata kupił nową świecę zapłonową do kosiarki. Tylko że tym razem znikła zakrętka od baku.

46

20 KWIETNIA

Prawie nie zjadłem śniadania. Nie uważałem na lekcjach. Bez przerwy myślałem o dzisiejszych eliminacjach do biegu i o piątku na Relays.

W sztafecie cztery razy sto biegnie czterech biegaczy, każdy na dystansie stu metrów. Każdy biegacz przekazuje następnemu pałeczkę. Pałeczka wygląda jak trzydziestocentymetrowa rurka, ale jest bardzo lekka, zrobiona z aluminium.

Ponieważ jestem najszybszy, będę prawdopodobnie biegł ostatni odcinek i jako ostatni dostanę pałeczkę. Ostatni biegacz przechodzi linię mety. Bycie ostatnim to szansa, żeby wygrać. Ostatni zbiera laury.

Przez cały dzień wyobrażałem sobie piątkowy bieg:

Huber rozpoczyna, w połowie pierwszego odcinka przekazuje pałeczkę Nolesowi. Noles pędzi po prostej, podaje pałeczkę do Caruso. Zajmuję pozycję. Spoglądam w tył przez ramię. Zbliżają się. Ośmiu rozpędzonych sprinterów. Widzę Carusa. Pochyla się przed ostatnim przekazaniem. Jest piętnaście metrów ode mnie... dziesięć metrów... Przygotowuję się, wyciągam za siebie lewą rękę: otwarta dłoń, palce rozsunięte szeroko (Już! Już! Teraz!). Czuję, jak pałeczka uderza w moją lewą dłoń, zaciskam na niej palce, przekładam ją do prawej ręki i startuję po wyznaczonym białymi liniami, ceglastoczerwonym pasie bieżni. Jestem na samym końcu. Dziesięć metrów w tyle za pozostałymi zawodnikami. Sytuacja jest beznadziejna. Tuż przed wyjściem na prostą mijam przedostatniego zawodnika. Potem następnego. I jeszcze jednego. Czterdzieści tysięcy ludzi zrywa się z miejsc. Osiemdziesiąt tysięcy oczu przesuwa się z lidera na kolesia, który pojawił się znikąd. „Kto to jest?" — pytają. I zaraz pojawia się odpowiedź: „To Coogan! Kraksa Coogan ze Springfield!". Mijam kolejnego zawodnika. Teraz mam przed sobą już tylko trzech, ale brakuje mi czasu. „Nie da rady!" — krzyczą na trybunach, a przede mną są już tylko dwaj. Czerwona wstążka na linii mety wydaje się tak blisko, że mogłaby być przepaską na oczy. Widzowie wychylają się przez barierki, inni gromadzą się nad tablicą wyników. Przede mną jest już tylko jeden zawodnik, a z tyłu za mną huragan ludzkich głosów gna jak sprzyjający wiatr. Już siedzę na plecach liderowi i na jedną sekundę cały świat zamiera, ponieważ biegniemy równo, ramię w ramię, tak że komuś patrzącemu z boku moglibyśmy się wydać jedną osobą. Wtedy przypominam sobie słowa trenera, że w wyrównanym wyścigu wygra ten, kto się pochyli, więc w ostatnim oddechu odrzucam ramiona w tył i pochylam do przodu klatkę piersiową, a czerwona wstążka pęka na mojej piersi i frunie na wietrze jak motyl. Zwalniam. Zatrzymuję się. Stoję na ceglastoczerwonym pasie bieżni. Trzymam pałeczkę wysoko w górze, a nad stadionem powiewają proporczyki. Huragan w końcu mnie dopada, więc zamykam oczy i pozwalam, żeby mnie porwał: „COOOOOOOOOOGAN!".

■■■■■

Nie przestawałem marzyć przez cały dzień, dopóki trener nie zagwizdał i nie krzyknął „Bieg eliminacyjny!". Wtedy zacząłem iść przez boisko na linię startu. Inni biegli truchtem. Ja szedłem spokojnie. Nie spieszyłem się.

Na trybunach było pusto. W oddali, daleko za linią boiska, przejechał szkolny autobus. W świetle bramki, w przestrzeni ograniczonej słupkami i poprzeczką jak obraz ramą stało troje ludzi.

Tym razem rodzice Webba nie wyglądali tak staro, na pewno nie w porównaniu z człowiekiem, który stał pomiędzy nimi. Był od nich niższy i tak chudy, jakby wysuszyły go preriowe wiatry. Ale stał prosto i samodzielnie — żadnej laski, żadnego balkonika, tylko dwie nogi. Dziewięćdziesięciotrzylatek. Może to przez ten muł z rzeki Missouri.

Przyszło mi do głowy, że ci dwaj pewnie polubiliby się nawzajem: Skuter i Henry Wilhide Webb III. Dwaj opowiadacze historii. Obaj z wielkich i płaskich przestrzeni, jeden z porośniętej trawą prerii, drugi z oceanu. Obaj przychodzili na trybuny, na których nie było nikogo innego.

Po co on właściwie tam przyszedł? Czy wiedział o mnie? Czy wiedział, że jego wnuk może odpaść w biegu eliminacyjnym i nie pobiec w Penn Relays?

Zastanawiałem się, czy Webb również czuł się bezpiecznie w łóżku swojego pradziadka.

Pod moimi stopami zachrzęścił żużel bieżni. Na starcie było nas pięciu: ja, Webb, dwóch innych siódmoklasistów i szóstoklasista. Trener wskazał nam pasy. Ja i Webb mieliśmy biec obok siebie.

Webb znowu nie odezwał się do mnie przez cały dzień. Kręciliśmy się wokół bloków startowych, zdenerwowani, rozluźniając ręce i nogi, przez cały czas tacy cisi, jakby trener zdążył już powiedzieć: „Do startu!".

Wszyscy inni członkowie zespołu — skoczkowie, miotacze, biegacze długodystansowi — przerwali treningi, żeby na nas patrzeć. Nad szkołą szybował jastrząb z czubkami skrzydeł rozczapierzonymi jak czarne palce, a ja nagle coś zobaczyłem. Zobaczyłem prezent. A właściwie wielki dar. Dar dla pradziadka z Dakoty Północnej, a może dla wszystkich pradziadków w ogóle. Problem w tym, że tylko jedna osoba mogła ofiarować ten dar, ale tą osobą nie był żaden prawnuk, choćby pobiegł najszybciej w całym swoim życiu. Tą osobą byłem ja.

Nie podobało mi się, że to mam być ja. Próbowałem to ignorować, ale wszędzie, gdzie tylko spojrzałem, widziałem to samo.

Widziałem ten dar.

— Chłopcy, zaczynamy — powiedział trener.

Trochę bliżej usłyszałem inny głos, który mówił:

— Powodzenia.

To był Webb. Wyciągał do mnie swoją głupkowatą rękę i uśmiechał się swoim zwykłym, głupkowatym uśmiechem. Żadnego znaczka. Uścisnąłem mu rękę i przyszło mi do głowy, że ponieważ ta tępa cielęcina na bieżni zawsze brała ode mnie baty, to prawdopodobnie nigdy nie wygrała w żadnym prawdziwym wyścigu i w związku z tym nawet nie wie, jak to się robi. A teraz na nic już nie było czasu.

— Nie zapomnij się wychylić — powiedziałem. Uśmiech zniknął mu z twarzy.

Trener zawołał:

— Do startu!

Zająłem pozycję: stopy w blokach, prawe kolano na bieżni, kciuki i palce wskazujące na białej linii, wzrok skierowany prosto w dół. I właśnie w tej chwili po raz pierwszy w życiu poczułem, że sam nie wiem, czy chcę wygrać.

— Gotowi!

Kolano w górę, tył tułowia w górę, oczy w górę.

Trener mówi, że najważniejsza rzecz to skupić myśli. Być jak ściśnięta stalowa sprężyna, gotowa wystrzelić na dźwięk pistoletu. A co mi w tej chwili przyszło do głowy? Ollie, jednoramienna ośmiornica. Pojawił się i nie zniknął aż do chwili strzału.

Zostałem w tyle. Nie tylko za Webbem — za wszystkimi. Nie szkodzi. Już po dziesięciu krokach wyprzedziłem tamtych trzech. Został mi Webb. Był przede mną trochę dalej niż zwykle, ale wszystkiemu był winien mój kiepski start.

Przy oznaczeniu połowy dystansu, gdzie zwykle go wyprzedzałem, Webb ciągle był przede mną, a ja ciągle jeszcze nie wiedziałem, czy chcę wygrać. Dodałem gazu. Odległość zmalała. Słyszałem jego ciężki oddech, który brzmiał prawie tak jak odgłos kroków. Grudki żwiru wyskakujące spod jego stóp uderzały mnie po nogach. Nadal byłem z tyłu. Linia mety zbliżała się coraz bardziej. Włączyłem dopalanie. Dziesięć metrów od białego sznurka biegliśmy ramię w ramię, oddech w oddech, wnuk obok prawnuka. Czułem, że to było coś nowego i coś dobrego: nie być z tyłu ani nie być z przodu, tylko biec obok siebie równym krokiem. I biegnąc tak, o pół oddechu od białego sznurka mety, poczułem, że wiem. Nie było czasu, żeby się do niego odwrócić, więc tylko wyrzuciłem z siebie:

— Pochyl!

Pochylił się, wysunął do przodu klatkę piersiową, zerwał linkę mety. Wygrał.

47

25 KWIETNIA

Czuję się dziwnie.

Czuję się tak od ostatniej środy, odkąd przegrałem bieg eliminacyjny. Przegrałem. Kiedy wypowiadam to słowo głośno, dostaję dreszczy.

Na początku to było dziwne i nieprzyjemne uczucie. W chwili, w której Webb zerwał taśmę, pożałowałem tego, co zrobiłem. Kiedy zwolniliśmy, Webb odwrócił się do mnie. Był zmieszany. Wiedziałem, co chce powiedzieć: „Pozwoliłeś mi wygrać?".

Ale już otoczyły go dzieciaki z drużyny, a ja odbiegłem na bok. Tamtych troje stało pod poprzeczką bramki, uśmiechając się od ucha do ucha.

We czwartek nie poszedłem na trening. Wracając do domu, jeszcze raz spojrzałem na bieżnię. Czterej członkowie sztafety ćwiczyli przekazywanie pałeczki. Poczułem, że robi mi się niedobrze.

W piątek nie było treningu. Trener zabrał całą czteroosobową sztafetę na Franklin Field swoim samochodem. Ich bieg miał się odbyć o czternastej dwadzieścia. O czternastej dwadzieścia siedziałem w sali od matematyki. Próbowałem sobie wyobrazić bieg na Franklin Field, ale — i to było dziwne — ten obraz w mojej głowie wciąż ustępował innemu. Na tym drugim obrazie był Henry Wilhide Webb III, który stał na trybunach, wymachiwał rękami, krzyczał i dopingował.

Dzisiaj rano ogłoszono przez radiowęzeł: „Drużyna Springfield zajęła drugie miejsce w zawodach Penn Relays. Był to najlepszy wynik, jaki do tej pory zdołała osiągnąć nasza szkoła". Dyrektor wymienił nazwiska trzech ósmoklasistów, a potem powiedział: „Końcowy odcinek należał do Penna Webba, który wyciągnął drużynę z ostatniego miejsca na drugie".

Byłem w korytarzu i słyszałem wiwaty dochodzące z jego sali lekcyjnej. W głębi duszy ja też wiwatowałem.

48

30 KWIETNIA

Byłem w kuchni i wypełniałem swoje nowe obowiązki — wycinanie z gazet i czasopism kuponów rabatowych — kiedy usłyszałem krzyk mamy. Pobiegłem do pokoju. Patrzyła na balkonik Skutera, który leżał u dołu schodów.

Zajrzała do jego pokoju.

— Nie ma go!

Pobiegła na górę. Ja za nią. Usłyszałem, jak woła: „Skuter!".

Skuter stał w korytarzu i patrzył na swój portret w mundurze Marynarki — obraz namalowany przez jego córkę, moją mamę.

Mama stanęła za nim i objęła go ramionami.

— Jak długo tu jesteś?

— E-baa — odpowiedział.

— I wszedłeś tutaj bez balkonika?

— E-baa.

Patrzyliśmy na obraz razem z nim.

— Wiesz — powiedziała do mnie mama — ten obraz w pewien sposób różni się od pozostałych.

— W jaki sposób? — zapytałem.

— On do niego nigdy nie pozował.

— Nie?

— Nie. A ja nie malowałam go nawet z fotografii.

— To jak go namalowałaś?

Przysunęła się do niego bliżej.

— Z pamięci. W tamtych czasach niezbyt często bywał w domu, więc wtedy, kiedy mogłam na niego patrzeć, patrzyłam bez przerwy, aż wyraźnie utkwił mi w pamięci. Kiedy znowu wyjeżdżał, bałam się strasznie, że zapomnę, jak wygląda. Kiedy to malowałam, miałam go przed oczami tak wyraźnie, jakby po prostu stał przede mną. — Pocałowała Skutera w ucho. — Prawda, Skuter?

— E-baa.

— Widzisz, że on na tym obrazie wygląda, jakby coś mówił?

— Tak.

— Bo mówi. Mówi: „Niedługo będę w domu, Lorraine".

— E-baa.

■ ■ ■ ■ ■

Kiedy wróciliśmy na dół, usiadła przy stole w kuchni i zaczęła ze mną wycinać kupony.

— To zabawne — powiedziała. — Przypomniałam sobie to wszystko całkiem niedawno. Myślałam wtedy, jak rzadko was, dzieciaki, widuję i jak rzadko wy widujecie mnie. I była taka chwila, w której naprawdę się przestraszyłam, że możecie zapomnieć, jak ja wyglądam.

— Nie licz na to — powiedziałem.

Roześmiała się.

— Wiem, że to głupio brzmi, ale wkrótce potem powiedziałam szefowi, że chcę zrezygnować z pełnego etatu.

■ ■ ■ ■ ■

Co do tego, że Skuter zdołał wejść na schody: byłem tym zaskoczony, ale i nie byłem. Dwa wieczory wcześniej zmieszałem z wodą trochę mułu z rzeki Missouri. Wziąłem go do pokoju Skutera i wymyśliłem historyjkę o szkolnym projekcie naukowym. A potem zanurzyłem w mule jego duży palec u nogi.

49

2 LIPCA

Wciąż mam to dziwne uczucie. Chodzi o to, czy ja to naprawdę ja? Czy może ja śnię? Ale nie jest to już przykre, dziwne uczucie. Czasem czuję się z tym po prostu inaczej, a czasem nawet dobrze.

Bardzo wiele się zmieniło w ciągu ostatniego roku.

Trawa w naszym ogrodzie sięga mi do połowy kolan, a niektóre rosnące w niej chwasty są nawet wyższe. Sąsiedzi tego nie widzą, ponieważ tata obudował ogród płotem. Chyba można by go teraz nazwać najmniejszą prerią świata.

W Mysim Domku na podłodze leży małe gniazdo zrobione z różnych miękkich rzeczy.

Teraz Abby i ja opowiadamy historie Skuterowi.

Mama w każdą sobotę rano chodzi na garażowe wyprzedaże. Chodzi także do supermarketu, który daje podwójne kupony. Kiedy ją pytam, czy już mi kupiła coś w Ciucholandzie, przypomina mi, o co ją prosiłem: żeby mi nigdy o tym nie mówiła. Wiem tylko, że w mojej szafie wisi jakaś podejrzanie wyglądająca koszulka.

Za pieniądze, które oszczędzałem na adidasy, kupiłem komplet farb dla mamy. Mama zamierza na początek jeszcze raz namalować nas wszystkich.

Idziemy na mecz! Mama kupiła bilety. Jest ich pięć: dla niej, dla Skutera, dla Abby, dla mnie i dla taty. Tata mówi, że nie będzie miał czasu, żeby pójść. Mama twierdzi, że on przyjdzie. Abby stawia sorbet lodowy, że mama wygra. Ja mówię, że wygra tata. Mam nadzieję, że przegram.

Zostałem zaproszony na obiad czwartego lipca do domu Jane Forbes.

Penn Webb jest moim najlepszym przyjacielem.